EX LIBRIS

Aus der Bibliothek von:

Die drei !!!

Die drei !!!

Maja von Vogel

Die drei !!!

Geheimnis im Spukhotel

Kosmos

Umschlagillustration von Ina Biber, Gilching
Umschlaggestaltung von Friedhelm Steinen-Broo, eSTUDIO CALAMAR

Zitat auf S. 91: Auszug aus dem Lied »Ganz Paris träumt von der Liebe« von Caterina Valente, Text von Kurt Feltz.

Weitere Bände dieser Reihe siehe S. 145

FSC www.fsc.org
MIX
Papier aus verantwortungsvollen Quellen
FSC® C014496

Gedruckt auf chlorfrei gebleichtem Papier

ISBN 978-3-440-16516-4
Redaktion: Franziska Kunze
Lektorat: Claudia Müller
Produktion: DOPPELPUNKT, Stuttgart
Druck und Bindung: GGP Media GmbH, Pößneck
Printed in Germany / Imprimé en Allemagne

Die drei !!!

Geheimnis im Spukhotel

Auf in den Schwarzwald

»Hast du schon fertig gepackt?« Kim klemmte das Handy zwischen Ohr und Schulter, zog ihre Lieblingsjeans aus dem Schrank und warf sie in den Koffer.
»Fast«, antwortete Franzi am anderen Ende der Leitung. »Ich kann meine Wanderschuhe nicht finden. Außerdem hab ich keinen sauberen Pullover mehr.«
»Frag doch Chrissie, ob sie dir einen leiht.«
Franzi schnaubte. »Vergiss es. Die zickt gerade mal wieder rum.« Wenn Franzis ältere Schwester schlechte Laune hatte, ging man ihr besser aus dem Weg. »Ich muss Schluss machen, sonst bin ich nicht pünktlich bei dir.«
»Alles klar, bis später.« Kim drückte das Gespräch weg und warf das Handy aufs Bett. Nachdenklich starrte sie in ihren Koffer. Hatte sie alles? Klamotten, Waschbeutel, Detektivtagebuch, Schreibzeug ...
Plötzlich wurde die Tür aufgerissen und Ben stürmte ins Zimmer. Natürlich, ohne vorher anzuklopfen. »Wo sind meine Schienbeinschoner?«
Kim seufzte. »Woher soll ich das wissen?«
»Sie lagen im Bad. Jetzt sind sie weg.« Ihr Bruder klang so vorwurfsvoll, als hätte Kim die Schienbeinschoner persönlich weggezaubert.
»Pass halt auf deinen Kram auf. Und jetzt verschwinde, ich muss packen.«
Kaum hatte Ben das Zimmer verlassen, kam Lukas herein. »Hast du meine Stutzen gesehen?«

Kim verdrehte die Augen. »Nein, hab ich nicht.« Manchmal raubten ihr die Zwillinge den letzten Nerv.
Lukas drehte sich auf dem Absatz um und ging hinaus. »Mama, ich brauch meine Stutzen!«, brüllte er quer über den Flur.
»Irrenhaus«, murmelte Kim.
Sie wollte den Koffer gerade zumachen, da fiel ihr ein, was noch fehlte: ein Buch! Sie griff nach dem Krimi, der auf ihrem Nachttisch lag, und packte ihn ein. Kim war eine Leseratte und würde nie ohne Buch verreisen.
Frau Jülich streckte den Kopf zur Tür herein. »Bist du so weit? Papa will in einer Viertelstunde los.«
»Bin fast fertig.«
»Hast du die warme Strickjacke eingepackt?«, fragte ihre Mutter. »Im Oktober kann es im Schwarzwald ganz schön kalt werden.«
Kim nickte.
»Und feste Schuhe?«
»Ich nehme meine Wanderstiefel mit. Franzi will unbedingt einmal um den Titisee laufen.«
Aus dem Erdgeschoss ertönte ein markerschütternder Schrei, gefolgt von lautem Hundegebell.
»Ben? Lukas? Was ist los?« Frau Jülich eilte aus dem Zimmer. Kim sprang auf und folgte ihrer Mutter die Treppe hinunter. Die Zwillinge wälzten sich in der Küche auf dem Boden.
»Die gehört mir!«, schrie Lukas.
»Nein, mir!« Ben versuchte, seinem Bruder eine Tafel Schokolade aus der Hand zu reißen.
Pablo, der Hund der Jülichs, sprang aufgeregt um die beiden herum. Er schien das Ganze für ein lustiges Spiel zu halten.

»Schluss jetzt!«, rief Frau Jülich. »Hört sofort auf damit.«
Kim schnappte sich kurzerhand die Schokolade. »Wenn zwei sich streiten, freut sich die Dritte.« Sie lächelte. »Zufällig gehört diese Tafel mir. Nett, dass ihr mich daran erinnert. Ich wollte sowieso noch Reiseproviant einpacken.«
»Manno«, maulte Ben. »Das ist gemein.«
Frau Jülich warf einen Blick auf die Uhr über der Küchentür. »Beeilung, Jungs, ihr werdet gleich abgeholt. Wo sind eure Taschen?«
Die Zwillinge sprangen auf und verschwanden nach oben. Sie fuhren heute für fünf Tage ins Fußballcamp und darauf freuten sie sich schon seit Wochen.
Im Gegensatz zu ihren Brüdern konnte Kim Sport nichts abgewinnen. Sie lag lieber auf dem Sofa, las einen spannenden Krimi und knabberte Schokolade. Am liebsten ging sie jedoch mit ihren Freundinnen Franzi und Marie auf Verbrecherjagd. Zu dritt waren sie *Die drei !!!* und hatten schon achtzig Fälle gelöst – eine absolute Erfolgsquote!
»Kim!« Die Stimme von Herrn Jülich ertönte. »Kannst du mir mal mit den Kisten helfen?«
»Klar.« Kim verließ die Küche, stopfte die Schokoladentafel im Vorbeigehen in ihren Rucksack unter der Garderobe und lief nach draußen.
In der Einfahrt parkte der Familienkombi. Die Kofferraumklappe war geöffnet und Kims Vater wuchtete gerade eine schwere Holzkiste hinein.
»Im Schuppen stehen noch zwei Kisten«, keuchte Herr Jülich.
Gemeinsam schleppten Kim und ihr Vater die Kisten zum Auto und verstauten sie im Kofferraum.

»Ich wusste gar nicht, dass Kuckucksuhren so schwer sind.« Kim wischte sich eine Schweißperle von der Stirn.
»Meine Kuckucksuhren sind eben echte Wertarbeit«, stellte Herr Jülich zufrieden fest. »Ich bin gespannt, wie sie bei den Besuchern der Ausstellung ankommen.«
Kims Vater war Uhrmacher und hatte sich vor einer Weile mit einer eigenen Kuckucksuhren-Werkstatt selbstständig gemacht. In den Herbstferien wollte er seine handgefertigten Einzelstücke auf einer Kuckucksuhren-Ausstellung im Schwarzwald präsentieren. Und das Beste war: Kim, Franzi und Marie durften mitfahren!
Kim warf einen Blick in den Kofferraum, der schon ziemlich voll war. »Hoffentlich passt unser Gepäck noch rein. Ich hol schon mal meinen Koffer. Franzi und Marie müssten auch gleich kommen.« Sie lief zurück ins Haus.
Die Zwillinge polterten gerade mit ihren Sporttaschen die Treppe hinunter.
»Geht noch mal aufs Klo«, mahnte Frau Jülich.
»Mama!«, riefen Kim, Ben und Lukas gleichzeitig.
Ausnahmsweise war Kim der gleichen Meinung wie ihre Brüder: Manchmal benahm sich ihre Mutter echt peinlich!
Als Kim mit ihrem Koffer aus dem Haus kam, fuhr der Wagen von Familie Winkler vor. Franzi und Marie sprangen heraus.
»Da sind wir!« Franzi stürmte zu Kim und umarmte sie. »Ich freu mich schon so auf die Reise.«
»Und ich erst.« Marie zupfte eine blonde Haarsträhne zurecht, die sich aus ihrem Pferdeschwanz gelöst hatte.
Frau Winkler, die die Mädchen hergefahren hatte, begrüßte Kims Eltern.

»Dann kann's ja losgehen.« Herr Jülich verstaute das Gepäck im Kombi. Es passte gerade so rein. Maries Koffer war besonders schwer. »Himmel, was hast du denn alles eingepackt?«, wunderte sich Kims Vater.
»Nur das Nötigste«, behauptete Marie mit Unschuldsmiene.
Kim lachte. »Das bedeutet bei Marie fünf Paar Schuhe, drei Outfits pro Tag und ein Schminkset, das jeden Filmstar vor Neid erblassen lassen würde.«
»Gar nicht wahr«, erwiderte Marie etwas beleidigt.
»War doch nur ein Witz«, sagte Kim versöhnlich. Sie umarmte ihre Mutter zum Abschied. »Tschüss, Mama.«
Herr Jülich gab seiner Frau einen Kuss. »Übernimm dich nicht, okay? Erhol dich auch ein bisschen und genieß die Ruhe.«
Kims Mutter war Direktorin einer Grundschule und hatte vor einer Weile eine Weiterbildung als Vertrauenslehrerin absolviert. Sie war immer im Stress und wollte die Ferien nutzen, um einiges nachzuarbeiten.
Die drei !!! stiegen ins Auto, während Herr Jülich hinter dem Steuer Platz nahm. Kim winkte den Zwillingen zu, die auf dem Rasen vor dem Haus einen alten Fußball hin- und herkickten.
»Tschüss, Planschkuh!«, rief Lukas und Ben verzog das Gesicht zu einer Zombie-Grimasse.
Kim grinste und streckte ihren Brüdern die Zunge heraus. Dann bog der Wagen um die Straßenecke und das Haus verschwand aus ihrem Blickfeld. Kim lehnte sich auf dem Beifahrersitz zurück. Endlich war es so weit: Die Reise begann!

Eine Viertelstunde später hatten sie die Autobahn erreicht.
»Was ist das eigentlich genau für eine Ausstellung, zu der wir fahren?«, erkundigte sich Marie.
»Die Ausstellung heißt *Kuckucksuhren im Wandel der Zeiten*«, erklärte Herr Jülich. »Nur ausgewählte Kuckucksuhrenhersteller dürfen dort ausstellen und die meisten kommen aus dem Schwarzwald.«
»Warum?«, fragte Franzi.
»Im Schwarzwald werden schon seit dem 18. Jahrhundert Kuckucksuhren hergestellt. Es gibt dort die *Deutsche Uhrenstraße*, die zum Beispiel nach Schonach zur größten Kuckucksuhr der Welt führt.«
»Wahnsinn.« Kim unterdrückte ein Lächeln. Ihr Vater sah aus wie ein Kind, das vom Weihnachtsmann erzählt. Kuckucksuhren waren seine große Leidenschaft.
»Es soll auch tolle Wanderwege im Schwarzwald geben«, sagte Franzi. »Ich hab uns schon ein paar rausgesucht.«
»Muss das sein?« Kim verzog das Gesicht. Allein von dem Gedanken an eine längere Wanderung bekam sie Muskelkater in den Beinen.
»Stell dich nicht so an«, sagte Franzi streng. Etwas versöhnlicher fügte sie hinzu: »Hinterher bekommst du auch ein Stück Schwarzwälder Kirschtorte.«
Kim fuhr sich mit der Zunge über die Lippen. »Das hört sich schon besser an.«
»Und nach dem Wandern gehen wir in die Sauna und entspannen bei Massage, Gesichtsmaske und Fußbad«, schlug Marie vor.
»Klingt gut.« Kim gähnte und rutschte tiefer in den Sitz.

Vielleicht hätte sie gestern doch früher ins Bett gehen sollen. Sie hatte bis nach Mitternacht am Computer gesessen und an dem Fantasy-Krimi gearbeitet, den sie zusammen mit ihrem Freund David schrieb. Sie wechselten sich von Kapitel zu Kapitel ab und es lief gerade richtig gut.

»Freut ihr euch auch so, dass endlich Ferien sind?«, fragte Franzi in Kims Gedanken hinein.

Marie nickte. »Und ob! Die letzten Wochen waren echt stressig. Ich hatte ständig Proben mit der Theater-AG. Außerdem Gesangsunterricht, Yoga-Stunden und der Tanz-Workshop letztes Wochenende …«

»Wie schaffst du es bei all deinen Hobbys eigentlich noch, Holger zu treffen?«, erkundigte sich Kim.

»Gar nicht.« Marie seufzte. »Wir haben uns in letzter Zeit kaum gesehen.«

»Nervt dich das nicht?«, fragte Franzi.

»Doch, natürlich.« Marie zögerte. »Und nicht nur mich. Holger war letzte Woche richtig sauer, weil ich unser Treffen absagen musste. Mir ist eine Theater-Probe dazwischengekommen. Ich kriege einfach nicht alles unter einen Hut!«

Marie hatte schon immer viele Interessen gehabt, aber in letzter Zeit wurde ihr manchmal alles zu viel.

»Klingt nach Freizeitstress«, stellte Kim fest. »Dagegen solltest du etwas tun.«

»Was denn?«

»Wie wär's, wenn du etwas kürzer trittst?«, schlug Franzi vor. »Gib eins deiner Hobbys auf. Oder auch zwei.«

»Ernsthaft?« Marie sah ihre Freundin entsetzt an.

»Ich finde die Idee super«, sagte Kim.

Marie seufzte. »Wahrscheinlich habt ihr recht. Aber was soll ich denn weglassen?«

»Wehe, du hängst den Detektivclub an den Nagel«, drohte Franzi halb im Scherz.

Marie schüttelte den Kopf. »Auf keinen Fall. *Die drei !!!* stehen bei mir natürlich an allererster Stelle.«

»Du wirst bestimmt eine gute Lösung finden«, sagte Kim.

»Ich soll euch übrigens von Blake grüßen«, fiel Franzi ein.

»Danke.« Kim drehte sich zu ihrer Freundin um. »Wie geht's ihm denn so in Kalifornien?«

Franzis Freund Blake war vor zwei Monaten in die USA geflogen, wo er ein Highschooljahr in Fontana absolvierte.

»Ganz gut, glaub ich.«

»Glaubst du?«, hakte Marie nach.

»Wir haben uns länger nicht gesprochen. Meine Eltern haben mir verboten, mit Blake zu skypen, wenn am nächsten Tag Schule ist.«

Wegen der Zeitverschiebung telefonierten Franzi und Blake meistens nachts, was dazu geführt hatte, dass Franzi permanent müde war.

Kim sah ihre Freundin mitfühlend an. »Das ist bestimmt schlimm für dich.«

Franzi nickte. »Manchmal hab ich das Gefühl, gar nichts mehr von Blakes Leben mitzubekommen. Dann ist er mir richtig fremd.«

»So eine Fernbeziehung ist echt nicht leicht«, sagte Marie.

»Ihr schafft das schon.« Kim lächelte Franzi zu.

Ihr Vater trommelte nervös mit den Fingern aufs Lenkrad. »Das darf doch nicht wahr sein!«

Umleitung ins Unwetter

»Was ist denn los?«, fragte Kim, aber im nächsten Moment sah sie es selbst. »Oh nein, Stau!«

Die Autos vor ihnen fuhren immer langsamer. Einige hatten die Warnblinkanlage eingeschaltet.

»Mal sehen, was der Verkehrsfunk sagt.« Kims Vater schaltete das Radio ein.

Die Stimme des Moderators ertönte: »... wurde soeben ein Unfall gemeldet. Die Autobahn ist in Richtung Süden voll gesperrt. Bitte umfahren Sie diesen Bereich weiträumig.«

Herr Jülich seufzte. »Mist! Das kann dauern ...«

»Ich such nach einer Umleitung.« Kim zückte ihr Handy und ging ins Internet.

»Am besten, wir fahren ab, bevor nichts mehr geht.« Ihr Vater wechselte auf die rechte Spur.

Mittlerweile rollten sie nur noch im Schritttempo. Es dauerte ewig, bis die nächste Ausfahrt in Sicht kam, doch irgendwann hatten sie es geschafft. Herr Jülich setzte den Blinker und verließ die Autobahn. Leider war er nicht der Einzige. Stoßstange an Stoßstange schoben sich die Autos über den Asphalt.

»Wir könnten die Landstraße nehmen.« Kim hatte eine Umgebungskarte aufgerufen und versuchte, sich in dem Gewirr aus Straßen und Orten zurechtzufinden. »Die Strecke führt allerdings durch ein großes Waldgebiet und sieht ziemlich kurvig aus.«

»Egal«, sagte Marie. »Alles ist besser, als stundenlang im Stau zu stehen.«

Sie hatten das Ende der Abfahrt erreicht und fuhren auf der Landstraße weiter. Erst war es noch ziemlich voll, aber nach einer Weile löste sich der Verkehr auf und sie kamen gut voran. Die Strecke führte in sanften Kurven zwischen abgemähten Wiesen und gelben Stoppelfeldern hindurch. Am Straßenrand standen knorrige Apfelbäume und in einiger Entfernung türmten sich dunkle Wolken am Himmel.
»Ich fürchte, wir bekommen ein Unwetter«, sagte Herr Jülich.
Sie hatten gerade das Waldgebiet erreicht, das Kim auf der Karte gesehen hatte, als der Himmel alle Schleusen öffnete. Der Regen prasselte so heftig aufs Autodach, dass der Nachrichtensprecher im Radio nicht mehr zu verstehen war. Herr Jülich drosselte das Tempo. Er stellte die Scheibenwischer auf die höchste Stufe, doch sie kamen kaum gegen die Wassermassen an.
Kim blinzelte durch die Frontscheibe. Die kurvige Straße war nur verschwommen zu erkennen. Rechts und links erhoben sich hohe Tannen, deren dichte Zweige wenig Licht durchließen. Vom Himmel war kaum etwas zu sehen. Obwohl es mitten am Nachmittag war, wurde es beinahe dunkel. Die Scheinwerfer des Wagens tasteten sich über den regennassen Asphalt.
»Das ist ja eine richtige Sintflut«, stellte Franzi fest.
»Allerdings.« Herr Jülich blickte konzentriert auf die Straße, die sich in unvorhersehbaren Kurven und Schlaufen durch den düsteren Wald wand.
Plötzlich zuckte ein greller Blitz zwischen den Bäumen hindurch, gefolgt von grollendem Donner. Kims Hand wanderte automatisch zu ihrem Rucksack, der neben ihr im Fußraum

stand. Sie zog die Tafel Schokolade heraus, die sie ihren Brüdern abgenommen hatte, riss das Papier auf und brach ein Stück ab.
»Also, ich brauche jetzt dringend etwas Nervennahrung. Wollt ihr auch?« Kim redete extra laut, um den Regen zu übertönen.
»Gerne.« Franzi griff nach der Schokolade.
Anschließend bedienten sich Marie und Herr Jülich. Eine Unterhaltung war wegen des heftigen Prasselns kaum möglich und angespanntes Schweigen breitete sich im Auto aus. Das Wasser klatschte gegen die Scheiben und es war fast, als würden sie über den Grund eines Sees fahren. Beinahe erwartete Kim, Fische am Fenster vorbeischwimmen zu sehen. Stattdessen blitzte es noch einmal. Der darauffolgende Donnerschlag war so laut, dass Kim zusammenzuckte.
»Das hat garantiert irgendwo eingeschlagen!«, rief Franzi.
Kim schluckte. Sie hätte gerne noch mehr Schokolade gegessen, aber von der Tafel war nichts mehr übrig.
In diesem Moment begann der Motor zu stottern.
»Was ist denn das?« Herr Jülich runzelte die Stirn.
Eine Lampe am Armaturenbrett blinkte auf. Das Auto ruckte, der Motor würgte, gurgelte – und verstummte.
»Verdammt!«, schimpfte Kims Vater, während der Wagen ausrollte und am Straßenrand stehen blieb. Herr Jülich versuchte, den Motor neu zu starten. Nichts passierte. Genauso wie beim zweiten, dritten und vierten Versuch.
»Was ist los?«, wollte Kim wissen.
»Frag mich was Leichteres.« Ihr Vater fuhr sich ratlos durch die Haare. »Der Wagen hat in letzter Zeit schon ein paar Mal

merkwürdige Geräusche gemacht. Eigentlich wollte ich ihn längst in die Werkstatt bringen, aber die hatten keinen Termin mehr frei.« Er griff nach seiner Jacke. »Ich schau mir das mal an.«
Während ihr Vater ausstieg, sich die Jacke über den Kopf hielt und um den Wagen herumlief, starrte Kim missmutig aus dem Fenster. Hätten sie doch bloß nicht diese blöde Umleitung genommen! Draußen bewegten sich die Zweige der Tannen im Wind. Weit und breit war kein anderer Wagen zu sehen. Niemand würde ihnen helfen. Sie saßen in diesem verdammten Wald fest.

Kurze Zeit später wurde die Motorhaube zugeschlagen, die Fahrertür öffnete sich und Herr Jülich ließ sich auf den Sitz fallen.
»Und?«, fragte Franzi.
Kims Vater zuckte mit den Schultern »Ich bin Uhrmacher, kein Automechaniker. Keine Ahnung, was mit dem Motor los ist.« Aus seinen Haaren tropfte das Wasser.
In der Ferne leuchtete der Himmel auf und es grummelte. Das Gewitter zog weiter. Auch der Regen schien allmählich nachzulassen.
»Was machen wir jetzt?«, fragte Kim.
Ihr Vater seufzte. »Ich fürchte, wir müssen den Wagen abschleppen lassen.« Er zog sein Handy hervor und warf einen Blick auf das Display. »Mist, kein Empfang! Wie sieht's bei euch aus?«
Kim, Franzi und Marie kontrollierten ihre Handys. Niemand hatte ein Netz.

»Wir sitzen offenbar in einem Funkloch.« Herr Jülich steckte sein Handy weg. »Auch das noch! Wisst ihr was? Wir suchen uns jetzt eine Unterkunft für die Nacht. Heute können wir sowieso nicht mehr weiterfahren.«
»Wo sollen wir denn hier übernachten?« Kim runzelte die Stirn.
»Ich glaube, weiter hinten stand ein Hinweisschild an der Straße«, sagte Franzi. »Vielleicht gibt es hier ja irgendwo ein Hotel oder eine Pension.«
»Auf geht's.« Herr Jülich öffnete die Tür und stieg aus.
Die drei !!! suchten ihre Sachen zusammen und kletterten aus dem Wagen. Kim schlüpfte in ihre Regenjacke und zog sich die Kapuze über den Kopf. Der Regen war in feines Nieseln übergegangen und die feuchte Luft legte sich wie ein Tuch auf Kims Gesicht.
Ihr Vater hatte die Kofferraumklappe geöffnet und reichte den Mädchen ihr Gepäck. Dann schloss er den Wagen ab und griff nach seinem Koffer. Schweigend marschierten sie auf der Landstraße ein Stück zurück. Das Rattern der Rollkoffer übertönte das leise Rauschen des Windes in den Baumwipfeln. Direkt neben der Straße gurgelte ein Bach. Sonst war nichts zu hören.
»Da ist es ja!« Franzi zeigte auf ein windschiefes Schild am Straßenrand. Es war teilweise mit Moos bewachsen und die altmodischen Buchstaben waren verblasst.
Kim brauchte eine Weile, um die Schrift zu entziffern. »*Schlosshotel Waldesruh*«, las sie vor.
»Na also.« Herr Jülich lächelte erleichtert. »Das klingt doch gut. Hier geht's lang.«

Sie folgten dem Pfeil auf dem Schild und bogen in einen schlammigen Weg ein, der noch tiefer in den Wald führte. Der Asphalt war alt und an vielen Stellen aufgeplatzt. Moos und Gras wucherten aus den Rissen.

»Igitt!« Marie war in eine Pfütze getreten. Das Wasser spritzte nach allen Seiten. »Jetzt hab ich nasse Füße. Und meine neuen Sneaker sind ruiniert.« Unglücklich starrte sie auf ihre Turnschuhe, die bis gerade eben zartrosa gewesen waren. Jetzt spielte der Ton ins Schlammfarbene.

»Selbst schuld«, sagte Franzi ungerührt. »Warum hast du keine vernünftigen Schuhe angezogen?« Sie marschierte in ihren Wanderstiefeln weiter.

»Woher sollte ich denn wissen, dass wir bei so einem Wetter durch den Wald laufen müssen?« Marie griff nach ihrem Koffer. Auf dem holprigen Weg konnte man ihn unmöglich rollen, darum musste sie ihn tragen.

»Es ist bestimmt nicht mehr weit.« Herr Jülich ging mit großen Schritten voran. »Immerhin hat es aufgehört zu regnen.« Das stimmte. Dafür tropfte das Wasser jetzt von den Bäumen. Kim spürte, wie die Feuchtigkeit langsam durch ihre Schuhe drang. Bei jedem Schritt schmatzte es leise. Zweige strichen über ihre Jacke und in den Wipfeln der Tannen wisperte der Wind. Über dem Wald lag ein seltsames Zwielicht, als könnte sich der Tag nicht entscheiden, ob er zu Ende gehen sollte oder nicht.

Kims Blick streifte die dicht stehenden Bäume, zwischen denen sich die Finsternis sammelte. Was lauerte dort? Waldgeister und Wurzelhexen? Oder ein Wildschwein, das sich vor dem Regen verkrochen hatte?

Kim schüttelte den Kopf. So ein Unsinn! Sie glaubte nicht an Geister und jedes halbwegs vernünftige Wildschwein hätte bei dem Lärm, den sie veranstalteten, längst Reißaus genommen.
»Wo ist denn dieses blöde Hotel?«, schimpfte Marie. Ihre sonst stets sorgfältig gestylten Haare hingen in feuchten Strähnen herab und ihr Make-up war verlaufen.
»Dort!« Franzi zeigte auf ein Dach, das hinter den Baumwipfeln auftauchte. »Das muss es sein.«
»Gleich haben wir es geschafft.« Herr Jülich nickte den Mädchen aufmunternd zu.
Kim griff ihren Koffer fester und ging weiter. Nach einer Weile mündete der Weg in eine befestigte Straße, die an einem großen, schmiedeeisernen Tor endete. Eine gewundene Auffahrt führte zum Hotel.
Kim betrachtete das mehrstöckige Gebäude. Es lag auf einem kleinen Hügel inmitten eines parkähnlichen Geländes und wirkte ziemlich eindrucksvoll. Es musste schon sehr alt sein und strahlte etwas Pompöses aus. Die Eingangstür wurde von zwei Säulen eingerahmt. Alle Stockwerke hatten kleine Balkone und die Fassade schimmerte hell in der Abenddämmerung. Die schnell über den Himmel ziehenden Wolken verliehen der Szene etwas Dramatisches.
»Kommst du?«, rief Franzi.
Kims Vater, Franzi und Marie liefen bereits die gewundene Auffahrt hinauf. Kim setzte sich ebenfalls in Bewegung.
»Hoffentlich gibt's im Hotel Handyempfang.« Marie lächelte voller Vorfreude.
Franzi schüttelte ihre nassen Zöpfe. »Ich brauche als Erstes eine heiße Dusche.«

»Ein heißes Bad wäre mir lieber«, sagte Marie. »Ich bin total durchgefroren.«
Kim hörte nur mit halbem Ohr zu. Ein Kribbeln lief ihre Wirbelsäule hinab. Sie hatte ein seltsames Gefühl. Als würden sie beobachtet. Sie sah an der Fassade des Hotels hoch und zuckte zusammen. Auf einem der überdachten Balkone im zweiten Stock stand jemand. Eine Gestalt, die sich schwarz gegen die Dämmerung abhob. Sie stand reglos da und starrte zu ihnen hinunter.
Kim blinzelte und die Gestalt war verschwunden. Oder war sie nie da gewesen?
»So ein Unsinn«, murmelte Kim. Sie beschleunigte ihre Schritte.
Ihre Augen mussten ihr einen Streich gespielt haben.
Oder?!

Das fängt ja gut an …

»Guten Abend!« Die Empfangsdame hinter dem Tresen nickte Herrn Jülich und den drei !!! zu.
Kim stellte ihr Gepäck ab und sah sich in der großzügigen Eingangshalle um. Der dunkle Marmorboden glänzte wie frisch poliert. Auf der linken Seite befand sich eine Sitzgruppe aus mehreren Sesseln, die mit rotem Samt überzogen waren. Auch die Vorhänge an den hohen Fenstern waren aus schwerem, rotem Stoff und wurden von Bändern mit goldenen Troddeln zurückgehalten. Zweiarmige elektrische Messingleuchter an den Wänden sorgten für gedimmtes Licht. Eine Wand war mit Schwarz-Weiß-Fotos in goldenen Rahmen bedeckt. Die Einrichtung wirkte luxuriös, aber auch etwas in die Jahre gekommen. Kim fühlte sich wie in einem alten Film. Fehlte nur noch, dass Miss Marple um die Ecke kam, sich in einem roten Samtsessel niederließ und einen Tee bestellte.
»Was kann ich für Sie tun?« Die Dame am Empfang lächelte freundlich.
»Wir sind leider mit unserem Wagen liegen geblieben und brauchen zwei Zimmer für die Nacht«, erklärte Herr Jülich.
»Ein Einzelzimmer für Sie und ein Dreibettzimmer für die jungen Damen?«
Herr Jülich nickte. »Das wäre wunderbar.«
Die Frau, auf deren Namensschild *Ida Rosenblom* stand, tippte etwas in den Laptop, der auf dem geschwungenen Tresen aus dunklem Holz stand. Der Computer wirkte irgendwie fehl am Platz, wie die Requisite aus einem Science-Fiction-Film.

»Schaut mal.« Franzi zeigte auf die Fotogalerie neben dem Empfang. Auf den Bildern waren lächelnde Menschen mit altmodischen Frisuren zu sehen, die aus dem vorigen Jahrhundert zu stammen schienen.
Kim ging näher heran und betrachtete die Fotos. Ein paar Männer und Frauen kamen ihr vage bekannt vor. Sie hätte allerdings nicht sagen können, woher.
»Das ist Heinz Erhardt.« Marie zeigte auf einen fülligen Herrn mit Halbglatze und schwarzer Hornbrille. »Ein Schauspieler und Komiker, der in den Fünfzigerjahren großen Erfolg hatte. Mein Vater liebt seine Filme.«
»Und wer ist das?« Kim zeigte auf das Foto in der Mitte, auf dem eine wunderschöne junge Frau mit blonden halblangen Haaren, Mandelaugen und einem melancholischen Zug um die perfekt geschwungenen Lippen zu sehen war. Sie blickte ernst in die Kamera.
»Charlene Wilson!« Maries Stimme klang ehrfürchtig. »Eine amerikanische Schauspielerin – und eine echte Legende.«
»Echt?« Franzi zuckte mit den Schultern. »Kenne ich nicht.«
»Du kennst Charlene Wilson nicht?« Herr Jülich, der das Gespräch mit angehört hatte, schüttelte den Kopf. »Das ist eine Bildungslücke. Sie wurde in den Fünfzigerjahren weltberühmt.«
»Haben die alle hier gewohnt?« Kim ließ den Blick über die Fotos wandern.
Ida Rosenblom nickte. »*Schlosshotel Waldesruh* war früher ein Grandhotel, in dem berühmte Gäste aus Film, Politik und Adel ein und aus gingen. Unter ihnen Peter Alexander, Brigitte Bardot, Konrad Adenauer und viele andere.«

»Wie spannend.« Marie fuhr sich durch die feuchten Haare. Die Empfangsdame sah wieder auf den Computerbildschirm. »Ich kann Ihnen zwei Zimmer im ersten Stock anbieten, Nummer 106 und 121. Die zweite Etage ist leider wegen eines Wasserschadens gesperrt. Mit Frühstück?«
»Gerne.« Herr Jülich nickte. »Und könnten Sie bitte einen Abschleppdienst für meinen Wagen rufen? Er steht an der Landstraße, kurz hinter dem Waldweg zum Hotel.«
Während Kims Vater das Anmeldeformular ausfüllte, betrat noch ein Gast die Eingangshalle. Es war eine Frau um die dreißig, die einen langen Kamelhaarmantel und schwarze Pumps mit hohen Pfennigabsätzen trug. Ihre blonden Haare waren im Nacken zu einem Knoten zusammengebunden und auf ihrem Kopf saß eine Sonnenbrille, obwohl es draußen längst dunkel war. Sie hatte einen eierschalenfarbenen Rollkoffer dabei, der mit braunem Leder abgesetzt war, und ging mit energischen Schritten zum Empfang.
»Guten Abend.« Die Dame stellte ihren Koffer ab. »Ich habe ein Zimmer reserviert. Nora Weidenberg.«
»Ein Einzelzimmer für drei Nächte?«, fragte die Empfangsdame.
Nora Weidenberg nickte. »Ich hoffe, Sie haben hier WLAN.«
»Eigentlich schon, aber die Verbindung ist leider nicht besonders gut«, entschuldigte sich Ida Rosenblom. »Am besten funktioniert es im Frühstücksraum.« Sie schob der Dame ein Anmeldeformular hin. »Wenn ich Sie bitten dürfte, das auszufüllen? Ich habe ein schönes Zimmer auf der Rückseite des Hotels für Sie, mit Balkon und Waldblick. Nummer 151.«
Nora Weidenberg, die gerade einen Kugelschreiber gezückt

hatte, hob mit einem Ruck den Kopf. »Das muss ein Irrtum sein. Ich hab die 106 reserviert.«
»Einen Moment, das haben wir gleich.« Ida Rosenblom tippte etwas in den Laptop. »Tut mir leid, davon steht hier nichts.«
»Das war aber so abgesprochen! Ich habe es extra dazugesagt, als ich letzte Woche angerufen habe.«
Die Empfangsdame hob bedauernd die Schultern. »Der Kollege muss vergessen haben, diese Information ins System einzugeben.«
»Macht ja nichts.« Nora Weidenberg atmete durch die Nase aus. »Ich nehme das Zimmer trotzdem.«
Ida Rosenblom räusperte sich verlegen. »Das ist bedauerlicherweise nicht möglich.«
»Und warum nicht?«
»Ich habe das Zimmer gerade anderweitig vergeben. Tut mir wirklich leid.«
»Das darf doch nicht wahr sein«, zischte Nora Weidenberg. Zwischen ihren Augen hatte sich eine tiefe Falte gebildet.
»In Nummer 151 werden Sie sich sicher auch wohlfühlen«, versicherte die Empfangsdame und nahm einen Schlüssel vom Schlüsselbrett. »Erster Stock rechts, bitte. Frühstück gibt es zwischen sieben und zehn im alten Ballsaal im Erdgeschoss. Ich wünsche Ihnen einen wunderschönen Aufenthalt.«
Wortlos ergriff Nora Weidenberg den Schlüssel, nahm ihren Koffer und stöckelte auf den altmodischen Fahrstuhl zu. Im selben Moment begann das Licht zu flackern. Erst wurde es dunkler, dann heller, bis es schließlich ganz ausging. Die Eingangshalle lag in völliger Dunkelheit.

Ein Schrei ertönte und ging in leises Wimmern über. Kim bekam eine Gänsehaut.
»Keine Panik, das ist nur ein Stromausfall«, sagte Ida Rosenblom.
Kim hörte Schritte, dann war es still. Sie blinzelte und versuchte, etwas zu erkennen, aber alles war schwarz. Plötzlich spürte sie einen Luftzug neben sich, als würde jemand direkt an ihr vorbeigehen. Ihr wurde kalt und sie zog schaudernd die Schultern hoch.
»Marie? Franzi?« Kim streckte den Arm aus, griff jedoch ins Leere. »Wo seid ihr?«
»Hier!« Das war Franzis Stimme, etwas weiter rechts.
Im nächsten Moment ging das Licht wieder an. Kim meinte, einen gebeugten Schatten um die Ecke huschen zu sehen. Sie setzte sich automatisch in Bewegung. Doch als sie um die Kurve bog, war dort niemand. Der Gang, der von der Eingangshalle abging, war leer.
»Was ist los?« Marie tauchte hinter Kim auf.
»Nichts.« Kim schüttelte den Kopf. »Ich dachte, jemand wäre im Dunkeln an mir vorbeigelaufen. Aber ich hab mich wohl getäuscht.«
»Wer hat da gerade so geschrien?«, fragte Franzi.
»Das war ich.« Nora Weidenberg rieb sich mit schmerzverzerrtem Gesicht das Fußgelenk. »Ich bin im Dunkeln umgeknickt.«
»Brauchen Sie einen Arzt?«, erkundigte sich Herr Jülich besorgt.
Nora Weidenberg bewegte den Fuß hin und her. »Nicht nötig. Es geht schon wieder.«

Die Empfangsdame kam mit einer Taschenlampe aus einem Raum hinter dem Tresen. »Entschuldigen Sie bitte die Unannehmlichkeiten. Die Stromleitungen sind leider schon ziemlich alt und manchmal springt einfach die Sicherung raus.«
»Unter diesen Umständen nehme ich lieber die Treppe.« Nora Weidenberg wandte sich vom Fahrstuhl ab. Während sie die Stufen hinaufstieg, murmelte sie etwas, das wie ›alte Bruchbude‹ klang.
»Das fängt ja gut an«, raunte Franzi ihren Freundinnen zu.
Kim nickte. Irgendetwas an diesem Hotel war seltsam. Sie wusste nur noch nicht genau, was.

»Sieht doch ganz gemütlich aus.« Franzi sah sich um.
Auch Kim war angenehm überrascht. Zimmer 106 hatte eine hohe Decke und war sehr geräumig. Die drei Betten passten locker hinein. Es gab sogar eine kleine Sitzecke, einen Sekretär und einen riesigen antiken Kleiderschrank. Das alte Parkett knarzte bei jedem Schritt. Ihr Vater wohnte am anderen Ende des Flurs in einem Einzelzimmer.
Marie stellte ihren Koffer ab und inspizierte das Bad. Sie stieß einen überraschten Schrei aus. »Seht euch das an!«
Kim und Franzi folgten ihr. Das Badezimmer wurde von einer wuchtigen gusseisernen Badewanne dominiert, die auf vier Löwenfüßen thronte.
»In dieser Wanne fühlt man sich bestimmt wie ein Filmstar.« Marie strich ehrfürchtig über den gebogenen Rand. »Wer weiß, vielleicht hat hier ja sogar schon Heinz Erhardt gebadet.«
»Also, ich muss jetzt unbedingt aus den nassen Klamotten raus.« Franzi zog fröstelnd die Schultern hoch.

»Ich auch.« Erst jetzt merkte Kim, wie sehr sie fror. Ihre Füße in den feuchten Schuhen waren eiskalt und ihre Jeans klebte unangenehm an den Oberschenkeln. Höchste Zeit für eine heiße Dusche!

Eine Stunde später lag Kim im Bett und rekelte sich wohlig unter der Daunendecke. Das weiße Bettzeug war zwar schon etwas verschlissen, duftete aber frisch nach Waschmittel. Aus dem Badezimmer war leises Plätschern zu hören. Marie lag in der Wanne und gönnte sich ein ausgiebiges Bad. Kim griff nach dem kleinen Schokoladen-Täfelchen, das als süßer Willkommensgruß auf ihrem Kopfkissen gelegen hatte, wickelte es aus und steckte es sich in den Mund. Vollmilch mit Nussstückchen – lecker!
Draußen regnete es schon wieder. Die Tropfen prasselten gegen die Fensterscheibe und ein kräftiger Wind wehte um das Hotel. Kim gähnte. Der Tag war anstrengend gewesen.
»Eigentlich wären wir jetzt schon am Titisee«, sagte sie zu Franzi, die im Schneidersitz auf dem Bett gegenüber saß.
»Hm.« Franzi hatte geduscht und trug einen weißen Hotel-Bademantel über ihrem Nachthemd. Sie tippte auf ihrem Handy herum. »Verdammt!«
»Was ist denn?«
»Kein Empfang! Dabei wollte ich Blake gerade eine Nachricht schicken.« Frustriert warf Franzi das Handy auf ihr Kopfkissen.
»Probier es doch morgen im Frühstücksraum.« Kim griff nach ihrem Krimi und freute sich darauf, vor dem Einschlafen noch ein Stündchen zu lesen.

Da ertönte ein spitzer Schrei aus dem Badezimmer, gefolgt von heftigem Geplätscher. Kim fuhr hoch. Sie wechselte einen alarmierten Blick mit Franzi, dann sprangen beide gleichzeitig auf und stürmten ins Bad.

»Marie!«, rief Franzi. »Was ist los?«

Marie stand in ein Handtuch geschlungen neben der Wanne. Aus ihren Haaren tropfte das Wasser und um ihre Füße hatte sich eine kleine Pfütze gebildet. Sie war so weiß wie Franzis Bademantel. »D…d…da war jemand!«, stammelte sie.

»Wo?« Kim sah sich im Bad um. »Hier?«

Marie schluckte. »Als ich gerade in der Wanne lag, hat mich jemand angefasst.« Ihre Stimme zitterte leicht. »War das eine von euch?«

Kim schüttelte den Kopf. »Wir waren beide drüben.«

»Wirklich?«, fragte Marie misstrauisch. »Falls das ein Scherz sein soll, finde ich ihn nicht besonders witzig.«

»Kim hat im Bett gelegen und ich hab versucht, Blake eine Nachricht zu schreiben«, sagte Franzi. »Wir haben uns nicht ins Bad geschlichen, ehrlich.«

»Was ist denn genau passiert?«, fragte Kim.

Marie atmete tief ein und wieder aus. »Ich lag ganz entspannt in der Wanne und hab vor mich hin gedöst. Plötzlich war da so ein eisiger Lufthauch und dann hab ich eine Hand auf meiner Schulter gespürt.«

»Bist du sicher?« Franzi runzelte die Stirn.

Marie nickte. »Hundertprozentig! Die Hand hat mich zwar nur ganz kurz berührt, aber das war garantiert keine Einbildung.«

»Und dann?«

»Dann hab ich geschrien und bin aus der Wanne gesprungen.«
»Außer dir war niemand im Bad«, sagte Franzi energisch. »Du warst allein. Also kann dich auch niemand angefasst haben.«
»Doch«, erwiderte Marie tonlos. »Ein Geist.«
Franzi lachte. »Das ist jetzt nicht dein Ernst, oder?«
»Also ... ich hatte vorhin auch ein seltsames Erlebnis«, gestand Kim zögernd. »Genauer gesagt zwei.«
»Wie bitte?« Franzi zog überrascht die Augenbrauen hoch.
Kim erzählte stockend von dem Schatten, den sie bei ihrer Ankunft auf dem Balkon gesehen hatte. Und von dem kalten Lufthauch während des Stromausfalls.
»Ich sag's ja!« Maries Gesicht bekam wieder etwas Farbe. »Hier spukt's.«
Franzi schnaubte verächtlich. »Dreht ihr jetzt beide durch?« Sie sah Kim kopfschüttelnd an. »Seit wann glaubst du denn an Geister?«
Kim wurde rot. »Das tue ich doch gar nicht! Aber ... das war wirklich seltsam.«
Eigentlich hatte Kim mit Gespenstern und anderen Spukgestalten nichts am Hut. Ganz im Gegensatz zu Marie, die sich sehr für übersinnliche Phänomene interessierte. Sie legte gerne Tarotkarten, machte Gläserrücken und probierte manchmal seltsame Orakel aus, die die Zukunft vorhersagen sollten.
»In diesem alten Kasten zieht es wie Hechtsuppe«, stellte Franzi fest. »Darum habt ihr einen kalten Lufthauch gespürt. Und die Berührung hast du dir bestimmt nur eingebildet, Marie.«
»Hab ich nicht«, widersprach Marie.

»Deine Fantasie hat dir einen Streich gespielt«, versicherte Franzi. »Kein Wunder, dieses Hotel könnte glatt die Kulisse für einen Gruselfilm sein. Und dann noch dieses Unwetter draußen ...« Sie lauschte auf den Sturm, der immer heftiger um das Haus tobte. »Glaubt mir, morgen bei Tageslicht lachen wir darüber.«

»Vielleicht hast du recht«, sagte Kim halbherzig. Ihr Kopf wollte Franzi zustimmen, aber ihr Bauch sagte etwas anderes. Hier stimmte etwas nicht. Kim versuchte, das mulmige Gefühl abzuschütteln. »Am besten, wir gehen früh schlafen.«

Damit waren alle einverstanden.

Eine halbe Stunde später lagen die Detektivinnen in ihren Betten. Kim klappte den Krimi zu, in dem sie noch ein paar Seiten gelesen hatte, während Marie sich im Badezimmer die Haare föhnte. Aber sie hatte sich nicht richtig konzentrieren können und war mit ihren Gedanken immer wieder abgeschweift. War der eisige Lufthauch wirklich nur Einbildung gewesen? Genau wie der Schatten auf dem Balkon und die Berührung, die Marie im Bad gespürt hatte?

Franzi knipste das Licht aus. »Gute Nacht.«

»Gute Nacht«, sagte Kim.

Auf dem Flur waren trappelnde Schritte und Kinderstimmen zu hören. Dann schlug eine Tür und es war wieder ruhig.

»Jetzt gehen wir schon früher ins Bett als die kleinen Kinder«, murmelte Marie schläfrig.

Franzi kicherte leise.

Bettzeug raschelte, bevor sich nächtliche Stille über das Zimmer senkte. Nur das Geräusch des Windes, der an den Fensterläden zerrte, war zu hören. Es begleitete Kim in ihre Träume.

... und es geht geisterhaft weiter

Kim schlug die Augen auf und griff nach ihrem Handy. Kurz vor acht. Sie gähnte. Normalerweise war sie sonntags nie so früh wach. Wahrscheinlich lag es daran, dass sie gestern so zeitig ins Bett gegangen waren. Sie blieb noch einen Moment liegen und genoss es, nicht gleich aufstehen zu müssen. Nachts war sie mehrmals hochgeschreckt, weil der Sturm so laut gewesen war. Einmal hatte sie Schritte im Nebenzimmer gehört. Offenbar hatte der Gast nebenan auch nicht schlafen können. Kim reckte und streckte sich, bis ihre Knochen knackten. Sie schlug die Decke zurück, schwang die Beine aus dem Bett und stand auf. Mit zwei Schritten war sie am Fenster. Es regnete nicht mehr, aber der bleigraue Himmel hing so tief über dem parkähnlichen Garten, als wollte er die Spitzen der Tannen berühren. Das Hotelgelände schien sehr weitläufig zu sein. Eine große Rasenfläche umgab das Gebäude. Es folgten kleinere Baumgruppen, an die sich der Wald anschloss. Zwischen den kahlen Zweigen einiger Laubbäume sah Kim einen Teich schimmern.

Das nächtliche Unwetter hatte seine Spuren hinterlassen. Große Teile der Rasenfläche standen unter Wasser. Die Gartenmöbel auf der verwitterten Terrasse waren umgekippt und der Sturm hatte ein paar kleinere Bäume entwurzelt. Als hätte ein übermütiger Riese seinen Spaß gehabt und sich auf dem Gelände so richtig ausgetobt.

Es war keine Menschenseele zu sehen. Wahrscheinlich schliefen die anderen Hotelgäste noch. Oder sie saßen unten beim

Frühstück. Beim Gedanken an frische Brötchen, Butter und Erdbeermarmelade begann Kims Magen zu knurren. Vielleicht gab es ja auch Croissants ... oder Waffeln ...

Kim wollte ihre Freundinnen gerade wecken, da tauchte Franzis roter Schopf unter der Bettdecke auf. Ihre Haare standen in alle Richtungen ab und sie gähnte heftig.

»Guten Morgen, Schlafmütze!« Kim grinste.

Franzi öffnete erst ein Auge, dann das andere. »Warum bist du schon so verdammt wach?«, brummte sie.

Kim zuckte mit den Schultern. »Ich konnte nicht mehr schlafen. Aufstehen! Das Frühstück wartet.«

Franzi zog sich die Bettdecke über den Kopf, sodass ihre Füße unten herausschauten. Kim schnappte sich einen Fuß und kitzelte ihn.

»Hiiilfe«, quietschte Franzi. »Aufhören!« Sie wand sich wie ein Aal und strampelte mit den Beinen.

»Stehst du jetzt sofort auf?« Kim kitzelte unbarmherzig weiter.

»Jaaaa!«

Kim ließ Franzis Fuß los.

»Müsst ihr so einen Lärm machen?« Marie war aufgewacht und blinzelte ihre Freundinnen vorwurfsvoll an.

»Ich kann nichts dafür.« Franzi setzte sich auf und hob abwehrend die Arme. »Kim hat zu viel Energie.«

»Nein, ich hab nur Hunger.« Kim verzog das Gesicht und fletschte die Zähne. »Und dann werde ich zum Tier.«

Marie gähnte. »Bevor du uns mit Haut und Haaren verschlingst, lasst uns lieber frühstücken gehen.«

Kim und Franzi zogen sich rasch an. Kim putzte sich im Eiltempo die Zähne, fuhr sich mit der Bürste durch die Haare und schlüpfte in ihre immer noch leicht feuchten Turnschuhe. Franzi war bereits fertig. Nur Marie stand noch vor dem Badezimmerspiegel und puderte sich sorgfältig die Nase.

»Wie lange dauert das denn?«, stöhnte Kim. »Ich verhungere!«

»Bin gleich so weit!«, rief Marie.

»Definiere *gleich*«, murmelte Franzi.

Marie brauchte immer am längsten für ihr Styling. Sie liebte es, sich in aller Ruhe zu schminken, ihre Haare zu kämmen und sich ein auf die neuesten Trends, die Wetterlage und ihre Stimmung abgestimmtes Outfit zusammenzustellen.

»Bin schon fertig.« Marie kam aus dem Bad, umgeben von einer Wolke aus Maiglöckchenduft. Sie trug ein kurzes hellgraues Wollkleid mit einer schwarz-grau geringelten Strumpfhose und hohen Stiefeln. Ihre frisch gewaschenen Haare fielen seidig auf ihre Schultern.

»*Schon* ist gut«, bemerkte Franzi, was Marie elegant überhörte.

»Jetzt brauche ich nur noch meine Kette, dann können wir los.« Marie sah auf dem Nachttisch nach. »Wo ist sie nur? Ich bin mir sicher, dass ich sie gestern Abend hierhin gelegt habe.« Sie zog die Nachttischschubladen auf und warf einen Blick unter das Bett. Nichts.

»Vielleicht ist sie hinter den Nachttisch gerutscht«, sagte Kim. Sie half Marie, das kleine Tischchen abzurücken, aber dahinter befanden sich nur ein paar Staubflusen.

Franzi zuckte mit den Schultern. »Oder du hast sie doch woanders hingelegt.«

»Nein, bestimmt nicht.« Trotzdem sah Marie sicherheitshalber im Bad und in ihrem Koffer nach. Doch die Kette blieb verschwunden. »Das gibt's nicht!« Marie klang jetzt richtig verzweifelt. »Die Kette ist ein Erbstück von meiner Mutter. Ich muss sie unbedingt finden.«

Frau Grevenbroich war gestorben, als Marie noch ganz klein gewesen war. Die wenigen Dinge, die ihr von ihrer Mutter geblieben waren, hütete sie wie ihren Augapfel.

»Wartet mal.« Kim war etwas eingefallen. Sie zückte ihr Handy und ging die Fotos durch, die sie gestern gemacht hatte. Es waren auch ein paar Schnappschüsse von Marie und Franzi dabei und ein Selfie, das sie alle drei im Hotelzimmer auf Maries Bett zeigte. »Hier!«

Franzi sah ihr über die Schulter. »Was denn?«

Kim vergrößerte das Foto. Im Hintergrund war Maries Nachttisch zu sehen. »Da ist sie!« Zwischen zwei Nagellackfläschchen, Maries Smartphone und mehreren Haarspangen glänzte eine silberne Kette mit einem kleinen herzförmigen Anhänger.

»Wusst ich's doch«, stellte Marie triumphierend fest.

Kim warf einen Blick auf den Nachttisch. »Dein Smartphone, der Nagellack und die Haarspangen sind noch da – nur die Kette fehlt.«

»Das ist wirklich seltsam.« Franzi runzelte die Stirn. »Sie kann sich doch nicht einfach in Luft aufgelöst haben.«

»Es gibt eigentlich nur eine Erklärung«, sagte Kim langsam. »Die Kette wurde gestohlen. Nachts. Während wir geschlafen haben.« Sie fröstelte. Was für eine unheimliche Vorstellung!

Franzi schluckte. »Du meinst, es war jemand in unserem Zimmer? Aber wer?«
»Ein Geist«, sagte Marie düster. »Hier spukt's!«
»Unsinn.« Franzi schüttelte den Kopf. »Es gibt keine Geister. Und wenn es welche gäbe, würden sie keinen Schmuck klauen. Das war ein Mensch aus Fleisch und Blut.«
»Wer auch immer es war, wir müssen ihn schnappen. Und dazu brauchen wir jede Menge Energie.« Kim streckte den Arm aus.
Franzi und Marie legten ihre Hände auf Kims Hand. *»Die drei !!!«,* sagten alle drei Chor.
Kim sagte: »Eins«, Franzi »Zwei« und Marie »Drei«.
Dann warfen sie die Arme in die Luft und riefen: »Power!!!«

Als die Detektivinnen auf den Flur traten, kam gerade ein Zimmermädchen aus dem Nachbarzimmer. Kim musste an ihren schlaflosen Nachbarn denken, der nachts ruhelos in seinem Zimmer auf und ab gewandert war.
»Ist der Gast schon abgereist?«, fragte sie.
Das Zimmermädchen sah sie überrascht an. »Welcher Gast? Zimmer 107 wird schon seit Monaten nicht mehr vermietet.«
»Wie bitte?« Kim runzelte die Stirn. »Aber das kann doch nicht sein. Letzte Nacht hab ich nebenan Schritte gehört.«
»Du hast dich sicher getäuscht«, sagte das Zimmermädchen freundlich. »In Zimmer 107 ist die Toilette defekt, darum steht es schon ewig leer.«
Kim biss sich auf die Lippe. Dieses Hotel wurde ihr immer unheimlicher. Hatte sie sich die Schritte nur eingebildet? Oder war es ein Traum gewesen?

»Vielleicht hat der Wind irgendwelche Geräusche verursacht, die sich wie Schritte angehört haben«, meinte Franzi.
»Oder es war ein Geist«, murmelte Marie.
Franzi warf ihr einen genervten Blick zu und wandte sich an das Zimmermädchen. »Warum wurde die Toilette denn noch nicht repariert, wenn sie schon länger kaputt ist?«
»Wollt ihr die Wahrheit wissen?« Das Zimmermädchen senkte die Stimme. »Das Hotel läuft schon seit einigen Jahren nicht mehr gut, darum ist das Geld knapp. Eigentlich sollen wir mit den Gästen nicht darüber sprechen, aber ich lasse mir nicht den Mund verbieten.«
»Wie schade«, sagte Marie. »Dabei hat das alte Gebäude so viel Charme.«
»Charme? Von wegen!« Das Zimmermädchen schnaubte abfällig. »Dieses Haus ist eine einzige Baustelle. Im zweiten Stock gab es letztes Jahr einen Wasserschaden. Das gesamte Stockwerk wurde gesperrt, weil kein Geld für die Renovierung da war, und jetzt fängt es dort allmählich an zu schimmeln.«
»Igitt!« Marie verzog das Gesicht.
»Und am Personal wird auch gespart«, fügte die Frau hinzu. »Die Hotelbesitzer Jonas und Janne Reuß mussten in den letzten Jahren einige Leute entlassen. Sie konnten sie einfach nicht mehr bezahlen.«
»Das Hotel ist ein Familienbetrieb?«, fragte Kim.
Das Zimmermädchen nickte. »Es ist seit über hundert Jahren in Familienbesitz. Jonas und Janne sind Geschwister und die letzten in einer langen Reihe von Hotelerben.«
»Aber was ist mit all den Berühmtheiten, die hier im Hotel abgestiegen sind?«, fragte Marie.

»Das ist lange her. Das Hotel hatte seine goldenen Zeiten in den Fünfziger- und Sechzigerjahren. Damals hat hier alles gewohnt, was Rang und Namen hat. Im Ballsaal wurden rauschende Feste gefeiert.« Das Zimmermädchen winkte ab. »Aus und vorbei. Wenn ihr mich fragt, sind die Tage des Hotels gezählt.« Die Frau ging zu einem Wagen voller Wäsche und Putzzeug hinüber. »Ich muss jetzt weiterarbeiten. Euch noch einen schönen Tag!«

»Danke gleichfalls«, wünschte Kim.

Nachdenklich folgte sie ihren Freundinnen die breite Treppe hinunter ins Erdgeschoss. Die Stufen waren mit rotem Teppich belegt, der ihre Schritte dämpfte. Er war ziemlich abgenutzt und Kim fragte sich, wer diese Stufen schon alles hinabgeschritten war. Berühmte Filmstars in hochhackigen Pumps, wichtige Politiker in schwarz glänzenden Lederschuhen, Fürsten, Prinzen, vielleicht sogar der eine oder andere König? Das *Schlosshotel Waldesruh* schien wirklich eine bewegte Vergangenheit zu haben …

In der Lobby entdeckte Kim ihren Vater, der am Empfangstresen stand und mit einem jungen Mann sprach.

»Hallo, Papa«, begrüßte ihn Kim.

»Guten Morgen!« Herr Jülich lächelte den Mädchen zu. »Habt ihr gut geschlafen?«

»Geht so«, antwortete Kim ausweichend.

»Wir waren sogar früher im Bett als die kleinen Kinder, die auf unserem Gang wohnen.« Franzi lachte. »Haben Sie die gehört? Die waren ganz schön laut.«

Herr Jülich schüttelte den Kopf. »Nein, ich hab nichts mitbekommen.«

»Kinder?« Der Mann hinter dem Tresen schüttelte den Kopf. »Das muss ein Irrtum sein. Es gibt keine Kinder im Hotel.«
»Was?« Franzi starrte den Mann an.
»Zurzeit wohnen bei uns keine Gäste mit kleinen Kindern«, wiederholte der Mann.
Kim wurde flau im Magen. Was hatte das zu bedeuten? Schon wieder eine Einbildung? Aber dieses Mal hatten sie die Stimmen alle drei gehört.
»Können wir bald weiterfahren?«, fragte Kim mit belegter Stimme. In diesem Moment wollte sie nur eins: weg aus diesem Spukhotel!
»Ich fürchte, so schnell geht das nicht.« Herr Jülich seufzte. »Der Nachtportier hat mir gerade mitgeteilt, dass unser Wagen noch nicht abgeschleppt werden konnte.«
Kim runzelte die Stirn. »Aber warum denn nicht?«
»Leider ist die Zufahrtsstraße zu unserem Hotel nach dem heftigen Unwetter unpassierbar«, informierte sie der junge Mann hinter dem Tresen, der offenbar der Nachtportier war. Auf seinem Namensschild stand *Michael Mertens*. Er war ungefähr Anfang zwanzig, wirkte sehr sportlich und hatte karamellbraune Augen. »Es sind mehrere Bäume umgestürzt und Teile der Straße wurden überschwemmt.«
»Du meine Güte!«, rief Marie. »Das ist ja schlimm.«
Michael Mertens nickte. »So ein Unwetter hatten wir schon seit zehn Jahren nicht mehr. In der ganzen Region herrscht der Ausnahmezustand. Auch das Telefonnetz ist zusammengebrochen.«
»Heißt das, das Hotel ist völlig von der Außenwelt abgeschnitten?«, fragte Kim.

»So könnte man es ausdrücken. Aber keine Sorge. Hier seid ihr sicher wie in Abrahams Schoß.« Er grinste verschmitzt und zwinkerte den Mädchen zu. »Selbst die Geister fühlen sich im *Schlosshotel Waldesruh* so wohl, dass sie gar nicht mehr wegwollen.«
»Wie meinen Sie das?«, fragte Marie alarmiert.
Der Nachtportier senkte die Stimme. »Ich sage nur so viel: Ihr seid nicht die Einzigen, die hier seltsame Stimmen hören ...«
»Herr Mertens!« Eine scharfe Stimme ließ die drei !!! zusammenfahren. Eine schlanke Frau in Jeans und weißer Bluse war hinter ihnen aufgetaucht. Sie war ungefähr dreißig, hatte feine Gesichtszüge und trug ihre dunklen Haare sehr kurz.
»Guten Morgen, Frau Reuß.« Der Nachtportier begrüßte die Hotelchefin mit einem charmanten Lächeln.
Janne Reuß bedachte ihn mit einem strengen Blick. »Sie sollen unseren Gästen keine Angst einjagen.«
»Das würde mir nicht im Traum einfallen«, beteuerte Michael Mertens. »Ich sage nur die Wahrheit. Schließlich gab es hier im Hotel schon einige seltsame Vorkommnisse, ganz besonders in Zimmer 106 ...«
»Schluss damit«, schnitt ihm Janne Reuß das Wort ab. Sie wandte sich an die Gäste. »Kann ich sonst noch etwas für Sie tun?«
»Ich mache mir Sorgen um meinen Wagen«, sagte Herr Jülich. »Er steht mitten im Wald an der Straße und sollte eigentlich abgeschleppt werden. Hoffentlich wurde er nicht von einem umstürzenden Baum getroffen.«
»Ich schicke einen Mitarbeiter hin, der nach dem Rechten sieht«, versprach Janne Reuß.

»Ich möchte einen Diebstahl melden«, verkündete Marie. »Letzte Nacht wurde meine Kette gestohlen.«

»Wirklich?« Herr Jülich zog die Augenbrauen hoch. »Vielleicht hast du sie ja nur verlegt.«

Marie schüttelte den Kopf. »Auf keinen Fall.«

»Wir können bezeugen, dass Marie die Kette gestern Abend auf ihrem Nachttisch abgelegt hat«, sagte Kim. »Heute früh war sie weg.«

»Das tut mir ausgesprochen leid.« Janne Reuß schien die Angelegenheit sehr unangenehm zu sein. »Es ist leider nicht das erste Mal, dass Wertgegenstände unserer Gäste verschwinden.«

»Tatsächlich?«, fragte Kim interessiert. »Es handelt sich also um eine Diebstahlserie?«

»So würde ich es nicht nennen«, widersprach die Hotelchefin schnell. »Wir tun alles, um die Sache in den Griff zu bekommen. Trotzdem würde ich Ihnen raten, Ihre Wertsachen im Hotelsafe zu deponieren.«

»Danke für den Hinweis.« Herr Jülich runzelte besorgt die Stirn.

Kim schnupperte. Ihr stieg der Duft von frischen Brötchen in die Nase. Sofort begann ihr Magen vorwurfsvoll zu knurren.

Franzi grinste. »Kims Bauch hat gesprochen. Zeit fürs Frühstück!«

Hoteldieb gesucht

Als die Detektivinnen durch die hohe Flügeltür in den alten Ballsaal traten, stockte ihnen der Atem.
»Ist das schön!« Marie legte den Kopf in den Nacken und betrachtete die üppigen Stuckverzierungen an der Decke.
An der einen Seite hatte der Raum hohe Fenster, die zum Garten hinausgingen. Die Wände waren mit einer roten Stofftapete versehen, deren Farbe im Lauf der Jahrzehnte etwas verblichen war. In der Mitte befand sich eine kreisförmige Tanzfläche, um die herum mehrere Säulen gruppiert waren.
Heute wurde hier nicht mehr getanzt. Stattdessen waren runde Tische mit weißen Tischdecken im Raum verteilt, die fürs Frühstück gedeckt waren. An der hinteren Wand befand sich das Buffet. Es duftete nach frischem Kaffee und Brötchen.
»Sollen wir uns dort drüben hinsetzen?« Marie zeigte auf einen Tisch am Fenster.
Die drei !!! und Herr Jülich durchquerten den Raum und nahmen Platz.
»Ziemlich wenig los hier«, stellte Kims Vater fest. »Entweder haben die anderen Gäste schon gefrühstückt oder das Hotel ist nicht besonders gut ausgelastet.«
Tatsächlich waren die meisten Tische nicht besetzt. Am anderen Ende des Saals saß Nora Weidenberg. Sie blätterte in einem Stapel Unterlagen und tippte zwischendurch etwas in ihren Laptop. Daneben standen ein Teller mit einem angebissenen Marmeladenbrötchen und eine halb volle Tasse Kaffee.

»Das Zimmermädchen hat uns erzählt, das Hotel würde nicht mehr so gut laufen«, sagte Kim. »Die Gäste bleiben aus und deshalb fehlt Geld für dringende Reparaturen.«

»So kommt das Gebäude immer weiter herunter, was wiederum dazu führt, dass niemand hier Urlaub machen will«, fuhr Herr Jülich fort. »Ein Teufelskreis.« Er seufzte. »Es ist wirklich ärgerlich, dass wir heute nicht weiterfahren können. Jetzt verpasse ich den Anfang der Kuckucksuhren-Ausstellung.«

»Hast du Mama schon erreicht?«, fragte Kim.

»Ich hab ihr gestern eine Nachricht geschrieben, als ich kurz Handyempfang hatte. Das Netz ist leider ziemlich instabil.«

»Das hab ich auch schon festgestellt«, bemerkte Franzi. »Meine Nachricht an Blake konnte ich immer noch nicht verschicken.«

Eine Kellnerin trat an den Tisch. Herr Jülich bestellte Kaffee, Kim heiße Schokolade, Marie einen Tee und Franzi Apfelschorle.

»Jetzt will ich aber endlich was essen.« Kim stand auf und ging zu dem langen Tisch an der Rückwand des Raums. Sie nahm sich einen Teller und inspizierte das Angebot. Es gab verschiedene Käse- und Wurstsorten, eine große Schale Obstsalat, Müsli, Cornflakes, Joghurt, Milch, Marmelade, Honig und eine Warmhalteplatte mit kleinen Würstchen und Rührei.

»Das sieht aber gut aus.« Marie griff nach einem Schälchen und füllte es mit Müsli.

»Es gibt sogar Croissants!« Kim hatte den Brotkorb entdeckt. Sie entschied sich für ein Roggenbrötchen und ein Croissant, legte ein Butterstück und zwei Scheiben Käse auf

ihren Teller, nahm sich etwas Erdbeermarmelade und kehrte zum Tisch zurück.
Franzi und Marie bedienten sich ebenfalls. Nur Herr Jülich war abgelenkt. Er hatte eine große Standuhr im hinteren Teil des Raums entdeckt, vor der er bewundernd stehen geblieben war. Als er wieder an den Tisch kam, leuchteten seine Augen.
»Nicht zu fassen!« Er schüttelte ungläubig den Kopf.
»Was ist denn?« Kim schnitt ihr Brötchen durch und bestrich beide Hälften mit Butter und Erdbeermarmelade.
»Dahinten steht eine alte Schwarzwälder Glasglockenuhr. Die gibt es eigentlich nur noch im Museum. Das ist eine echte Rarität!«
»Toll.« Kim biss unbeeindruckt von ihrem Brötchen ab.
Ihr Vater schüttelte den Kopf. »Du bist ein Kunstbanause! So eine Uhr ist für einen Uhrmacher wie … wie …«
»Wie ein gut ausgebildeter Lipizzaner für einen Pferdeliebhaber?«, fragte Franzi.
»Oder wie eine perfekt gesungene Arie für einen begeisterten Operngänger«, fügte Marie hinzu.
»Vielleicht auch wie die seltene Erstausgabe eines Miss-Marple-Krimis für einen Agatha-Christie-Fan«, meinte Kim.
Ihr Vater grinste. »Ich sehe, ihr wisst, was ich meine.«
»Guten Morgen.« Ein Mann trat an ihren Tisch. Er war groß und schlank, trug eine Jeans und ein marineblaues Hemd und hatte ein offenes Lächeln. »Ich bin Jonas Reuß, der Inhaber des *Schlosshotels Waldesruh*. Hatten Sie eine angenehme Nacht in unserem Haus?«
Herr Jülich nickte. »Sehr angenehm, danke.«
Kim musterte Jonas Reuß unauffällig. Er sah seiner Schwester

sehr ähnlich. Beide waren groß, schlank und sportlich. Allerdings wirkte Janne Reuß eher streng und abweisend, während ihr Bruder die Leute mit seiner freundlichen Art sofort für sich einnahm.

»Ich möchte mich für die durch den Sturm entstandenen Unannehmlichkeiten entschuldigen«, fuhr der Hotelbesitzer fort. »Wir tun alles, damit die Straße so schnell wie möglich geräumt wird. Auch das Telefon wird hoffentlich bald wieder funktionieren. Die Techniker der Telefongesellschaft arbeiten bereits daran. Bis dahin sind wir leider von der Außenwelt abgeschnitten.«

»Das ist zwar ärgerlich, aber nun mal nicht zu ändern«, sagte Herr Jülich. »Wir machen einfach das Beste draus, stimmt's?«

Die drei !!! nickten.

»Bitte lassen Sie es mich wissen, wenn ich irgendetwas für Sie tun kann«, fügte Jonas Reuß hinzu.

»Ich hätte da tatsächlich ein Frage.« Herr Jülich zeigte auf die Standuhr. »Das ist eine Schwarzwälder Glasglockenuhr, oder?«

Jonas Reuß nickte. »Sie ist schon seit über hundert Jahren in Familienbesitz. Einer unserer Vorfahren soll sie auf einer Reise durch den Schwarzwald erworben und seiner Verlobten zur Hochzeit geschenkt haben.«

»Das ist wirklich ein ganz besonders schönes Stück«, schwärmte Herr Jülich. »Und sehr selten. Funktioniert sie noch?«

»Leider nicht. Früher konnte sie fünf Lieder spielen. Als Kind habe ich diese Uhr geliebt.«

»Die Uhr kann Musik machen?« Kim schob sich den Rest ihrer Brötchenhälfte in den Mund.

Der Hotelbesitzer nickte. »Im Inneren der Uhr befindet sich ein Walzenspielwerk, das mit mehreren Glasglocken verbunden ist. Es funktioniert wie ein automatisches Glockenspiel.«

»Hätten Sie etwas dagegen, wenn ich mir die Uhr einmal etwas näher anschaue?«, fragte Herr Jülich. »Ich bin Uhrmacher und könnte sie vielleicht reparieren.«

»Tatsächlich? Das wäre ja wundervoll«, freute sich Jonas Reuß. »Sie haben völlig freie Hand.« Er zögerte. »Es ist nur so, dass ... nun ja ... ich habe leider momentan kein Budget für die Reparatur der Uhr.«

Herr Jülich winkte ab. »Das macht nichts. Ich tüftle gerne ein bisschen herum. Alte Uhren sind meine Leidenschaft und so ein seltenes Exemplar kann man nicht alle Tage unter die Lupe nehmen. Das Ziffernblatt ist wunderschön gestaltet und die Intarsien auf dem Uhrenkasten sind echte Handarbeit.«

»Tatsächlich?«, fragte Jonas Reuß interessiert. »Das wusste ich gar nicht.«

»Kommen Sie, ich zeige Ihnen, was ich meine.« Herr Jülich stand auf und ging mit dem Hotelbesitzer zu der alten Standuhr.

»Dein Vater ist ja total aus dem Häuschen«, stellte Franzi fest und schob sich einen Löffel Obstsalat in den Mund.

Kim verdrehte die Augen. »Wenn er alte Uhren sieht, dreht er durch. Total verrückt! Aber ein Gutes hat die Sache.« Sie grinste. »Papa ist beschäftigt, und wir können in Ruhe ermitteln.«

»Meint ihr, jemand von den Gästen hat meine Kette gestohlen?« Marie sah sich unauffällig um, während sie ihre Müslischale auskratzte.

Außer Nora Weidenberg saßen noch ein älteres Ehepaar in Wanderkleidung und ein Herr mittleren Alters mit Halbglatze und randloser Brille im Frühstücksraum. Während der Mann mit der einen Hand seine Kaffeetasse zum Mund führte, kritzelte er mit der anderen in ein schwarzes Notizbuch, das vor ihm auf dem Tisch lag.
»Was hat er denn da?« Franzi reckte den Hals.
»Nicht so auffällig«, zischte Kim.
Der Mann legte den Stift zur Seite und studierte etwas, das wie ein Plan aussah.
»Könnte eine Wanderkarte sein.« Marie trank einen Schluck Tee.
Jonas Reuß und Herr Jülich kamen zurück. Der Hotelbesitzer nickte dem fremden Gast im Vorbeigehen zu.
»Guten Morgen, Herr Krone. Haben Sie gut geschlafen?«
»Sehr gut, sehr gut.« Der Mann schob den Plan hastig unter sein Notizbuch und lächelte etwas zu freundlich.
Franzi runzelte die Stirn. »Der Typ ist irgendwie seltsam.«
»Herr Reuß!«, rief Nora Weidenberg quer durch den Saal. Sie klang sehr ungehalten. »Wann funktioniert das Internet wieder? Ich kann so nicht arbeiten!«
»Wir tun, was wir können«, versicherte der Hotelbesitzer. »Mit etwas Glück ist die Verbindung heute Nachmittag wieder hergestellt.«
»So eine Meckerziege.« Kim griff nach ihrem Croissant, stippte es in den Kakao und biss ab.
»Na ja, ehrlich gesagt hätte ich auch gerne Internet«, sagte Franzi. »Ich hab ewig nichts von Blake gehört. Wahrscheinlich weiß er gar nicht mehr, dass es mich gibt.« Sie klang bitter.

»Unsinn.« Marie legte ihr die Hand auf den Arm. »Er denkt bestimmt die ganze Zeit an dich.«
»Da bin ich mir nicht so sicher.« Franzi seufzte. »Er ist immer total beschäftigt und schwärmt die ganze Zeit von dem tollen Wetter, den tollen Leuten und den tollen Skateparks.«
»Ist doch schön, dass es ihm in Kaliformieren so gut gefällt«, warf Kim ein.
»Klar, ich freu mich ja auch für ihn. Aber ein bisschen könnte er mich schon vermissen. Zumindest ab und zu …«
»Das tut er bestimmt«, meinte Marie. »Mach dir nicht so viele Gedanken.«
»Wahrscheinlich hast du recht.« Franzi versuchte zu lächeln. »Ab jetzt konzentriere ich mich einfach voll und ganz auf unseren neuen Fall. Das ist eine prima Ablenkung.«

Nach dem Frühstück gingen sie zurück in die Eingangshalle. Dort verabschiedete sich Herr Jülich von den Mädchen.
»Ich hole schnell mein Werkzeug, dann kümmere ich mich um die Glasglockenuhr.« Er zögerte. In seinem Blick lag der Anflug eines schlechten Gewissens. »Kommt ihr ohne mich zurecht?«
Kim nickte. »Natürlich. Mach dir um uns keine Sorgen.«
»Was habt ihr denn heute vor?«
»Wir wollen ein bisschen das Hotel erkunden«, behauptete Marie. »Ich finde alte Häuser total spannend.«
»Passt auf, dass ihr keine Gespenster aufscheucht.« Herr Jülich grinste.
Kim konnte nicht so richtig über den Scherz lachen. »Wir sehen uns später, Papa. Viel Spaß mit der Uhr.«

»Danke, den werde ich haben.« Herr Jülich winkte den Mädchen zu und verschwand pfeifend im Fahrstuhl.
»Sehr gut.« Kim machte ein zufriedenes Gesicht. »Mein Vater wird uns in den nächsten Stunden garantiert nicht in die Quere kommen. Wie wär's mit einer Lagebesprechung?«
Die Detektivinnen ließen sich in den roten Sesseln gegenüber vom Empfang nieder. Ida Rosenblom sprach gerade mit dem älteren Paar aus dem Frühstücksraum, das eine Wanderung unternehmen wollte, sich aber wegen herabfallender Äste im Wald sorgte.
Kim zog ihr Detektivtagebuch aus der Tasche. Es war ein altes, abgenutztes Heft mit Eselsohren, das sie unterwegs benutzte, um Einzelheiten eines Falles zu notieren. »Was haben wir bis jetzt?« Sie zückte ihren Stift.
»Eine verschwundene Kette«, sagte Marie. »Und einen Geist. Vielleicht auch mehrere.«
Franzi verdrehte die Augen. »Unsinn!«
»Wie erklärst du dann all die seltsamen Dinge, die seit unserer Ankunft passiert sind?«, wollte Marie wissen. »Der Schatten auf dem Balkon, der kalte Lufthauch, die Hand in meinem Nacken, die Kinderstimmen, die Schritte im unbewohnten Nachbarzimmer …«
»Es gibt für alles eine logische Erklärung«, sagte Franzi. »Meinst du nicht auch, Kim?«
»Hm, ja.« Kim nickte zögernd. Normalerweise wäre sie voll und ganz Franzis Meinung gewesen, aber seit sie durch das schmiedeeiserne Tor auf das Hotelgelände getreten waren, war einfach zu viel passiert. Allmählich wusste sie selbst nicht mehr, was sie glauben sollte.

»Der Schatten auf dem Balkon war ein Gast, der frische Luft schnappen wollte, der kalte Hauch war einfach nur Zugluft, die Berührung in der Badewanne hast du dir eingebildet und die Schritte im Nebenzimmer könnten ein Traum gewesen sein«, zählte Franzi auf. »Oder ein Ast, der im Wind gegen das Fenster geschlagen hat.«

»Und was ist mit den Kinderstimmen?«, fragte Marie. »Die hast du doch auch gehört. Abgesehen davon, dass meine Kette aus unserem verschlossenen Zimmer verschwunden ist. Während wir in unseren Betten lagen und schliefen. Das ist eine Tatsache!«

»Das mit den Kinderstimmen ist wirklich seltsam«, gab Franzi zu. »Vielleicht haben sich irgendwelche Nachbarskinder heimlich ins Hotel geschlichen.«

»Abends um neun? Während draußen das schlimmste Unwetter der letzten zehn Jahre tobt?« Kim klopfte mit dem Stift auf ihr Heft. »Das glaube ich nicht.«

»Deine Kette ist jedenfalls nicht von einem Geist gestohlen worden«, fuhr Franzi energisch fort, »sondern von einem Dieb, der geschickt und skrupellos genug ist, in ein Zimmer einzubrechen, in dem Gäste schlafen.«

»Frau Reuß war der Diebstahl jedenfalls ziemlich unangenehm«, sagte Marie.

»Kein Wunder, es scheint sich ja um eine ganze Serie zu handeln.« Kim machte sich eine Notiz. »Das ist gar nicht gut für den Ruf des Hotels.«

»Wenn es in den letzten Monaten mehrere Diebstähle gab, spricht das nicht für einen Gast«, überlegte Marie. »Eher für einen der Angestellten.«

»Wir müssen herausfinden, was wann gestohlen wurde«, sagte Kim. »Vielleicht gibt es ein Muster.«

»Als Erstes sollten wir in unserem Zimmer nach Spuren suchen«, schlug Franzi vor. »Vielleicht haben wir vorhin etwas übersehen.«

Kim dachte an die Schritte, die sie letzte Nacht gehört hatte. Das war kein Traum gewesen. Auch kein Ast, der gegen ein Fenster schlug. Jemand war im Nachbarzimmer herumgeschlichen. Warum?

Nora Weidenberg kam aus dem Frühstücksraum. Sie zog eine Kamera aus ihrer Laptoptasche und ging zum Empfang. Das ältere Paar war gerade gegangen.

»Sie haben doch nichts dagegen, dass ich hier ein paar Fotos mache, oder?«, fragte Nora Weidenberg die Empfangsdame.

Ida Rosenblom schüttelte den Kopf. »Natürlich nicht.«

Nora Weidenberg zückte ihre Kamera und knipste drauflos. Sie fotografierte den Empfangstresen, die Sitzgruppe und die Leuchter an den Wänden. Besonders viele Bilder schoss sie von der Fotogalerie mit den prominenten Hotelgästen.

»Was soll das?«, wunderte sich Franzi.

»Vielleicht schreibt sie ein Buch über alte Hotels«, vermutete Marie. »Oder sie ist eine Spionin auf geheimer Mission.«

Kim grinste. Dann wurde sie wieder ernst. »Also fangen wir mit der Spurensuche in unserem Zimmer an. Am besten erledigen wir das sofort.« Sie klappte das Detektivtagebuch zu und stand auf.

Die drei !!! gingen zur Treppe.

Nora Weidenberg fotografierte immer noch und achtete nicht auf die Mädchen. Ida Rosenblom telefonierte.

Als sie an einer angelehnten Tür neben dem Empfang vorbeikamen, hörten sie jemanden reden. Kim erkannte die energische Stimme von Janne Reuß.

»So geht es nicht weiter, Jonas. Bald kracht das Hotel über unseren Köpfen zusammen. Die Hälfte der Zimmer ist unbewohnbar, das Dach ist marode und es passieren ständig seltsame Dinge. Ganz abgesehen von den Diebstählen. Letzte Nacht ist schon wieder etwas geklaut worden. Kein Wunder, dass immer weniger Gäste kommen …«

»Du übertreibst«, sagte Jonas Reuß. »Das kriegen wir alles in den Griff. Hast du dir meinen Businessplan schon angeschaut? Ich hab da ein paar tolle Ideen …«

»Dein Plan interessiert mich nicht!«, unterbrach ihn seine Schwester ungehalten. »Unterschreib den Vertrag, dann sind wir alle Schwierigkeiten auf einen Schlag los.«

»Niemals! Du kennst meine Meinung dazu.«

»Der Vertrag ist unsere letzte Chance. Wann begreifst du das endlich?«

»Nur über meine Leiche! Wann begreifst *du* das endlich?«

Die Detektivinnen setzten ihren Weg fort.

»Puh, ganz schön dicke Luft«, meinte Kim, während sie die Treppe hinaufgingen. »Jonas Reuß klang richtig wütend.«

»Ist bestimmt nicht leicht, so ein großes Haus zu führen«, vermutete Franzi. »Und dann auch noch mit der eigenen Schwester. Wenn ich mir vorstelle, ich müsste mit Chrissie ein Hotel leiten – das würde Mord und Totschlag geben.«

Marie lachte. »Es soll auch Geschwister geben, die sich gut verstehen.«

»Das halte ich für ein Gerücht.« Kim verzog das Gesicht.

»Okay, du bist mit den Zwillingen manchmal echt gestraft«, gab Marie zu. »Zum Glück ist Finn total süß.«

»Das stimmt«, bestätigte Kim. »Er ist ja auch erst drei. Wart's ab. Wenn er so alt ist wie Ben und Lukas, findest du ihn garantiert nicht mehr süß.«

Sie hatten den ersten Stock erreicht. Der dunkelrote Teppich schluckte das Geräusch ihrer Schritte, während sie den Flur entlangliefen. Plötzlich nahm Kim eine Bewegung am Ende des Korridors wahr. War da nicht eine gebeugte Gestalt? Ein Augenzwinkern später war sie verschwunden. Der Schatten aus der Eingangshalle! Dieses Mal würde er ihr nicht entkommen.

Kim rannte los. Ihre Füße flogen über den Teppich. Als sie um die Ecke bog, stieß sie fast mit jemandem zusammen, der auf einen Stock gestützt dicht an der Wand entlangschlurfte.

»Halt!« Kim schnappte nach Luft.

Langsam drehte sich die Person um. Kim blickte in das Gesicht einer alten Dame, die mindestens einen Kopf kleiner war als sie. Ihre Haut war faltig und wirkte so dünn wie feines Seidenpapier. Ihre weißen Haare waren zu einem ordentlichen Dutt frisiert. Sie beugte sich über einen knotigen Wanderstock und erinnerte Kim ein bisschen an die Hexe aus *Hänsel und Gretel*.

Mit der freien Hand griff die Frau blitzschnell nach Kims Arm. Ihre Finger bohrten sich wie Klauen in die Haut. Sie schien etwas sagen zu wollen. Kim beugte sich zu ihr hinunter.

»Die Geister«, flüsterte die Frau. »Die Geister der Toten sind überall!«

Das Geheimnis von Zimmer 106

»Kim!«

Franzi und Marie kamen um die Ecke gerannt.

»Was soll das?«, fragte Franzi. »Warum bist du auf einmal wie vom wilden Floh gebissen losgestürmt?«

Kim befreite ihren Arm sanft, aber bestimmt aus dem Klammergriff der alten Dame. »Ich glaube, hier haben wir den Hotelgeist.«

Die Frau kicherte. »Ich? Ein Geist? Das ist gut! Aber so falsch ist das gar nicht. Manchmal frage ich mich selbst, ob ich noch von dieser Welt bin.«

Kim starrte die Frau an. Sie wirkte mit ihrem Dutt, dem altmodischen schwarzen Kleid und den Schnürstiefeln wie aus dem vorigen Jahrhundert. »Wer sind Sie?«

»Ich bin Theodora. Theodora Reuß.«

»Sind Sie mit Jonas und Janne verwandt?«, fragte Franzi.

Die alte Dame nickte. »Ich bin ihre Großmutter.«

»Und Sie wohnen hier im Hotel?«

»Das *Schlosshotel Waldesruh* ist mein Zuhause«, antwortete Theodora Reuß. »Ich habe schon immer hier gelebt. Und ich werde es erst verlassen, wenn man mich mit den Füßen zuerst hinausträgt.« Sie sah die Mädchen aus wachen blauen Augen an. »Und wer seid ihr?«

»Ich bin Kim«, stellte sich Kim vor. Sie deutete auf ihre Freundinnen. »Und das sind Franzi und Marie. Wir sind mit meinem Vater hier.« Schnell erzählte sie von der Autopanne und dem Unwetter. »Wir wohnen in Zimmer 106.«

»Das Geisterzimmer!« Die alte Dame kicherte wieder. »Habt ihr schon Bekanntschaft mit Charlene gemacht?«
»Charlene?« Kim zog verwirrt die Augenbrauen hoch.
»Eine gute Freundin von mir«, erklärte Theodora Reuß. »Sie erschreckt gerne die Gäste.«
»Ist Charlene eine Katze?«, fragte Franzi.
Die alte Dame schüttelte den Kopf. »Oh nein! Sie ist ein Geist.«
Kim zuckte zusammen. »Wie bitte?«
»Ein Geist«, wiederholte Theodora Reuß, als sei das völlig selbstverständlich.
Franzi kräuselte amüsiert die Lippen. »Und Sie sind mit diesem Geist befreundet?«
»Allerdings. Schon seit über fünfzig Jahren.«
»Wie spannend.« Maries Augen funkelten aufgeregt. »Können Sie uns mehr darüber erzählen? Wer ist diese Charlene? Sie meinen doch nicht etwa Charlene Wilson, oder?«
»Du kennst sie? Sie war in den Fünfzigerjahren des letzten Jahrhunderts eine berühmte Schauspielerin in Hollywood«, antwortete Theodora Reuß. »Vielleicht habt ihr schon mal von ihr gehört.«
»Natürlich!« Marie nickte begeistert. »Hat sie nicht in *Wer dreimal liebt, dem glaubt man nicht* mitgespielt? Ein toller Film.«
»Richtig. Das war einer ihrer größten Erfolge. Damals noch in Schwarz-Weiß.«
»Wir haben ihr Bild unten in der Eingangshalle gesehen.« Kim erinnerte sich an das Foto der wunderschönen blonden Frau mit dem melancholischen Lächeln.

»Ein reizendes Foto.« Theodora Reuß lächelte. »Charlene hat es für mich persönlich signiert.«
»Und wieso sollte der Geist einer Hollywood-Diva hier in diesem abgelegenen Hotel spuken?« Franzi klang immer noch skeptisch. »Mal ganz davon abgesehen, dass es natürlich keine Geister gibt.«
»Als sie noch lebte, war Charlene häufig bei uns zu Gast«, erzählte die alte Dame. »Sie stieg auf ihren Europa-Reisen regelmäßig im *Schlosshotel Waldesruh* ab, um sich fernab vom Starrummel Hollywoods zu erholen und auf ihre nächsten Rollen vorzubereiten. Als sie das erste Mal zu uns kam, waren wir beide Mitte zwanzig und mein Vater hat das Hotel geführt. Später habe ich dann die Leitung übernommen. Charlene und ich waren einander sofort sympathisch und haben uns schnell angefreundet.« Ihre Augen leuchteten. »Wir haben so viel Spaß gehabt. Damals wurden hier im Hotel regelmäßig Bälle und Tanzvergnügen veranstaltet. Ich sag's euch, wir haben allen Männern den Kopf verdreht.«
»Das kann ich mir vorstellen.« Kim mochte die alte Dame, auch wenn sie etwas verrückt zu sein schien. Wer behauptete schon allen Ernstes, mit einem Geist befreundet zu sein?
»Ich hatte gestern ein ... nun ja ... etwas seltsames Erlebnis, als ich in der Badewanne lag«, begann Marie. Sie erzählte, was passiert war.
Theodora Reuß grinste spitzbübisch. »Das war Charlene, ganz sicher. Sie hatte schon zu Lebzeiten immer kalte Hände. Jetzt erschreckt sie mit ihren Eishänden unsere Gäste.«
Franzi schüttelte den Kopf, hielt sich aber mit einem Kommentar zurück.

»Warum spukt sie gerade in Nummer 106?«, fragte Marie.
»Das war ihr Zimmer. Charlene hat immer in Nummer 106 gewohnt. Bis zu ihrem Tod.«
»Wie ist sie gestorben?«, wollte Kim wissen.
»Das ist eine tragische Geschichte.« Die alte Dame sah plötzlich traurig aus. »Lasst uns nicht davon sprechen. Wir sollten die Vergangenheit ruhen lassen.«
»Gibt es noch mehr Geister im Hotel?«, erkundigte sich Marie.
»Oh ja.« Theodora Reuß nickte. »Schon seit vielen Jahrzehnten, auch vor Charlenes Tod, gab es immer wieder seltsame Erscheinungen. Manchmal flackerte das Licht ohne Grund, der Fahrstuhl setzte sich von allein in Bewegung oder Gäste hörten Schritte, wo niemand war.«
Kim musste an letzte Nacht denken. Ihr Verstand weigerte sich, an eine Geistererscheinung zu glauben. Trotzdem war ihr ziemlich mulmig zumute.
»Das kann man sicher alles logisch erklären«, erwiderte Franzi. »Ich glaube nicht an Geister.«
»Oh, ich auch nicht.« Die alte Dame lächelte. »Ich *weiß*, dass es sie gibt.«
»Letzte Nacht ist meine Kette verschunden«, berichtete Marie. »Meinen Sie, das könnte Charlene gewesen sein?«
Die alte Dame wiegte den Kopf. »Möglich wäre es. Sie hat Schmuck über alles geliebt. Durchaus vorstellbar, dass sie einer hübschen Kette nicht widerstehen konnte.«
»Ich hab's ja gleich gesagt.« Marie warf Franzi einen triumphierenden Blick zu.
Theodora Reuß wurde ernst. »Eins habe ich in meinem lan-

gen Leben gelernt: Es gibt mehr zwischen Himmel und Erde, als wir mit dem Verstand erklären können.«
»Das war sehr interessant. Vielen Dank.« Kim fiel noch etwas ein. »Sind Sie gestern während des Stromausfalls in der Eingangshalle an mir vorbeigelaufen?«
»Vielleicht, vielleicht auch nicht.« Die alte Dame sah Kim geheimnisvoll an. »Ich bin viel im Hotel unterwegs. Und jetzt entschuldigt mich. Es wird Zeit für mein Mittagsschläfchen.« Sie stützte sich auf ihren Stock und bewegte sich überraschend flink den Gang hinab. Lautlos wie ein Geist.

Die drei !!! liefen den Flur entlang, zurück zu ihrem Zimmer.
»Diese Theodora Reuß ist ja ganz nett«, sagte Franzi. »Aber leider auch komplett durchgeknallt.«
»Nur weil sie an Geister glaubt?« Marie zog eine Augenbraue hoch. »Heißt das, du hältst mich auch für durchgeknallt?«
»Klar.« Franzi grinste. »Ich dachte, das wüsstest du.«
Marie knuffte sie in die Seite. »Idiot.«
»Mal im Ernst«, meinte Franzi. »Diese Frau behauptet tatsächlich, mit dem Geist einer toten Schauspielerin befreundet zu sein. Das ist doch nicht normal, oder?«
»Ich wüsste zu gern, wie diese Charlene Wilson gestorben ist«, sagte Kim. »Blöd, dass das Internet nicht funktioniert. Sonst könnte ich das gleich recherchieren.«
»Ich glaube, da gab es irgendeine traurige Liebesgeschichte.« Marie überlegte. »Nein, ich erinnere mich nicht mehr.«
Vor ihrem Zimmer blieben sie stehen.
Kim warf einen Blick zur Nachbartür. »Wisst ihr was? Vielleicht sollten wir uns zuerst in Zimmer 107 umsehen.«

»Willst du auf Geisterjagd gehen?«, fragte Franzi.
Kim schüttelte den Kopf. »Mir ist gerade ein Gedanke gekommen. Möglicherweise hängen die nächtlichen Schritte und das Verschwinden von Maries Kette ja zusammen.«
»Du meinst, der Dieb ist im Nachbarzimmer herumgeschlichen?« Marie runzelte die Stirn. »Klingt etwas weit hergeholt, finde ich.«
»Lasst uns trotzdem nachsehen!«, drängte Kim.
Sie wusste selbst nicht, warum es sie so in das unbewohnte Hotelzimmer zog. Vielleicht, weil sie endlich eine Erklärung für die seltsamen Geräusche finden wollte.
»Warum nicht?« Franzi zuckte mit den Schultern.
»Na gut, von mir aus.« Marie ging zur Tür und begutachtete das Schloss. »Ich hab mein Dietrichset nicht dabei. Aber vielleicht lässt sich das Schloss auch mit einer Haarnadel öffnen.« Sie hatte während ihrer Zeit als Detektivin schon einige Schlösser geknackt und war inzwischen ein echter Profi.
Franzi drückte probeweise auf die Klinke und die Tür schwang auf. »Nicht nötig.« Sie grinste. »Manchmal ist das Leben viel einfacher, als man denkt.«
»Hereinspaziert!« Kim betrat das Zimmer als Erste.
Abgestandene Luft schlug ihr entgegen. Es roch muffig und etwas feucht. Rechts ging die Tür zum Badezimmer ab. Kim warf einen Blick hinein. Es gab keine Wanne, sondern nur eine Dusche mit einem weißen Plastikvorhang. Außerdem ein Waschbecken und eine Toilette, auf deren Deckel ein handgeschriebener Zettel mit der Aufschrift *Defekt* klebte. Das Zimmer selbst war mit einem Bett, einem großen Kleiderschrank und einem kleinen Schreibtisch möbliert.

»Ein Einzelzimmer«, stellte Franzi fest.
Kim sah sich aufmerksam um. Warum schlich hier nachts jemand herum? Das Bett war abgezogen. Decke und Kissen lagen ordentlich aufeinandergestapelt am Fußende. Der Schreibtisch war leer. In diesem Zimmer gab es absolut nichts zu holen. Oder hatten sie etwas übersehen?
»Schaut mal.« Marie ging in die Hocke und inspizierte eine Stelle auf dem staubigen Boden direkt vor dem Kleiderschrank. »Könnte ein Fußabdruck sein.«
Kim kniete sich neben sie. »Tatsächlich.«
»Vielleicht stammt er vom Zimmermädchen«, sagte Franzi.
Kim schüttelte den Kopf. »Dafür ist der Abdruck zu groß.« Sie betrachtete ihn genauer. »Das ist mindestens Größe 44.«
»Also ein Männerschuh?«, überlegte Marie.
Kim nickte. »Wahrscheinlich.«
Marie zog ihr Handy hervor und fotografierte den Abdruck. »Ist euch das seltsame Muster aufgefallen? Sieht so aus, als wären auf der Sohle diagonale Streifen.«
»Könnten Turnschuhe sein«, meinte Franzi.
»Es ist also ein Mann in Turnschuhen durch das Zimmer gelaufen«, fasste Kim zusammen. »Was wollte er hier?«
»Vielleicht ein Handwerker oder ein Hotelangestellter«, gab Franzi zu bedenken. »Wir wissen ja nicht, ob der Abdruck wirklich von letzter Nacht stammt.«
»Das stimmt.« Kims Blick fiel auf den Kleiderschrank. Er war ähnlich wuchtig wie der in ihrem Zimmer. Der Fußabdruck zeigte direkt auf die dunkle Holztür, die einen Spalt offen stand. Kim zog am Knauf und die Tür schwang mit einem leisen Quietschen auf.

»Nichts«, stellte Marie fest.
Enttäuscht starrte Kim in den Schrank. Er war leer. Abgesehen von ein paar Kleiderbügeln aus Metall, die einsam und verlassen an der Kleiderstange hingen.
»Was ist denn das?« Franzi beugte sich vor und untersuchte eine halbkreisförmige Schleifspur auf dem Schrankboden. »Sieht ja seltsam aus.« Sie kletterte in den Schrank.
»Was machst du da?«, fragte Marie.
»Ich will nur schnell was nachschauen.« Franzi begann, die Rückwand des Schranks abzutasten. »Kann mal jemand leuchten?«
Marie aktivierte die Taschenlampen-Funktion an ihrem Handy und hielt es so, dass Franzi besser sehen konnte.
»Hier ist was!«, rief Franzi aufgeregt. »Ein kleiner Haken.« Sie zog daran und plötzlich schwang ein Teil der Rückwand zur Seite.
»Ich glaub's nicht«, sagte Marie verdutzt. »Eine Geheimtür.«
Auch Kim war überrascht. Damit hatte sie nicht gerechnet. »Wo führt sie hin?«
Marie hielt ihr Handy höher und leuchtete in das rechteckige Loch, das sich in der Rückseite des Schranks auftat. »Keine Ahnung.«
»Eigentlich müsste hinter dieser Wand unser Zimmer liegen«, sagte Kim.
»Am besten, wir probieren es aus.« Ohne zu zögern, stieg Franzi in das Loch.
»Warte!« Kim wollte Franzi zurückhalten, aber sie war schon verschwunden. Als hätte das dunkle Loch sie verschluckt.

Überraschungsgast im Badezimmer

»Franzi?«, rief Marie.
Einen Moment war es still, dann ertönte Franzis dumpfe Stimme. »Leute, das müsst ihr euch ansehen.«
Kim und Marie wechselten einen Blick.
»Du zuerst«, sagte Marie. »Ich leuchte dir.«
Sie hielt das Handy hoch, während Kim in das Loch krabbelte. Es befand sich im unteren Teil der Schrankwand und war nicht besonders groß. Auf allen vieren tastete Kim sich vorwärts. Unter ihren Händen fühlte sie glattes Holz, sehen konnte sie nicht besonders viel. Plötzlich stieß sie gegen etwas Hartes.
»Aua«, sagte Franzi vorwurfsvoll. »Das war mein Knie.«
Kim blickte auf. Direkt vor ihr hockte Franzi. Ihre Jeans war voller Staub. Soweit Kim es erkennen konnte, befanden sie sich in einem winzigen Raum. Es war eng und dunkel.
»Wo sind wir?« Kim versuchte, ruhig zu atmen, aber es klappte nicht. Ihr Herzschlag beschleunigte sich, ihr Mund wurde trocken und ihre Hände feucht. Panik stieg in ihr auf. Diese verdammte Platzangst …
»Tada!« Franzi stieß gegen eine Tür, es knarrte leise und graues Tageslicht strömte herein.
Kim blinzelte erleichtert. »Unser Zimmer!« Die Welle der Panik zog sich zurück.
Franzi nickte. »Stell dir vor, wir sind in unserem Kleiderschrank gelandet.«
Jetzt erkannte Kim es auch. Schnell kletterte sie aus dem

Schrank und wischte sich die feuchten Hände an der Hose ab. In der Rückwand des Schranks war eine Öffnung, durch die Marie gerade den Kopf steckte.

»Alles klar bei euch?«

»Wir haben einen geheimen Zugang zu unserem Zimmer gefunden«, verkündete Franzi. »Das ist echt der Hammer.«

Marie schob sich durch das Loch und sprang auf den Parkettboden. »Unglaublich!«

»Das ist wirklich raffiniert gemacht«, stellte Kim fest. »Ein versteckter Zugang von Schrank zu Schrank. Da kommt so schnell niemand drauf.«

»Zumal der Mechanismus zum Öffnen der Tür total unauffällig ist«, fügte Franzi hinzu. »Man muss schon gezielt danach suchen, um ihn zu entdecken.«

In diesem Moment ertönte ein Klirren aus dem Bad. Die Detektivinnen erstarrten. Kim legte den Finger an die Lippen. Schnell schloss sie die Schranktür und drehte sich um.

»Da ist jemand«, flüsterte Franzi.

Kim nickte und gab ihren Freundinnen ein Zeichen. Mit wenigen Schritten waren sie an der Badezimmertür, die nur angelehnt war. Kim streckte die Hand nach der Klinke aus, als die Tür plötzlich geöffnet wurde und eine schlanke Gestalt vor ihnen stand. Nora Weidenberg!

Kim fuhr zurück. »Was machen Sie denn hier?«

Nora Weidenberg schien genauso überrascht zu sein wie die drei !!!. Ihre Augen weiteten sich und alle Farbe wich aus ihrem Gesicht. Aber sie hatte sich schnell wieder im Griff. »Huch! Da hab ich mich wohl in der Zimmernummer geirrt.«

»Und das fällt Ihnen erst im Bad auf?«, fragte Franzi.

»Ich war mit meinen Gedanken woanders und die Zimmertüren sehen irgendwie alle gleich aus.« Nora Weidenberg lächelte entschuldigend. »Ich wollte euch wirklich nicht erschrecken.«

Kim glaubte ihr kein Wort. »Sie lügen. Was haben Sie in unserem Zimmer gemacht?«

»Sie waren letzte Nacht schon mal hier, stimmt's?«, fragte Marie. »Wollten Sie noch mehr klauen? Reicht Ihnen meine Kette nicht?«

»Wovon redest du?« Nora Weidenberg machte ein verwirrtes Gesicht. »Was für eine Kette?«

»Das wissen Sie ganz genau«, sagte Marie. »Letzte Nacht wurde meine Kette gestohlen. Und jetzt schleichen Sie hier herum. Komischer Zufall, oder?«

»Es reicht!« Nora Weidenberg runzelte empört die Stirn. »Ich bin keine Diebin. Das muss ich mir wirklich nicht bieten lassen.« Sie wollte gehen, aber Franzi stellte sich ihr in den Weg.

»Wie sind Sie hier reingekommen?«

»Durch die Tür natürlich. Sie war offen.«

»Das stimmt nicht.« Kim zog den Schlüssel aus ihrer Hosentasche. »Als wir zum Frühstück gegangen sind, habe ich abgeschlossen.«

»Du musst dich täuschen. Und jetzt lasst mich bitte durch, ich habe noch zu tun.« Sie schob Franzi zur Seite, ging aus dem Zimmer und schloss nachdrücklich die Tür hinter sich.

»Ganz schön dreist, einfach alles abzustreiten«, sagte Marie. »Immerhin haben wir sie quasi in flagranti erwischt.«

»Trotzdem können wir ihr nichts nachweisen.« Kim ging zur Tür und untersuchte das Schloss. »Es gibt keine Einbruchsspuren.«
»Bist du sicher, dass du abgeschlossen hast?«, vergewisserte sich Franzi.
»Ganz sicher. Vielleicht hat sie einen Dietrich benutzt.«
»Oder sie kennt die Geheimtür im Schrank«, sagte Franzi.
»Auch möglich.« Kim überlegte. »Aber die kann sie dieses Mal nicht benutzt haben, sonst wäre der Zugang offen gewesen, als wir ihn entdeckt haben.«
»Stimmt.« Franzi nickte. »Der Haken war von der anderen Seite vorgelegt.«
»Lasst uns erst mal nachsehen, ob etwas gestohlen wurde«, schlug Marie vor.
»Gute Idee.« Kim griff nach ihrem Rucksack, der neben dem Bett auf dem Boden stand. Ihr Portemonnaie war noch da, genauso wie das Handy. Auch das Detektivtagebuch steckte in der Innentasche.
Franzi kniete neben ihrem Koffer. »Bei mir fehlt nichts.«
»Meine Sachen sind auch komplett«, stellte Marie fest. Sie musterte den Nachttisch, auf dem einige Nagellackfläschchen umgefallen waren. »Aber mein Bett wurde verrückt. Und der Nachttisch steht anders.«
Kim warf einen Blick ins Bad. Die Tür des kleinen Spiegelschränkchens stand sperrangelweit offen. »Nora Weidenberg hat irgendetwas gesucht.«
Franzi ließ sich auf ihr Bett fallen. »Aber was?«
»Genau das müssen wir herausfinden«, antwortete Kim.

Detektivtagebuch von Kim Jülich
Sonntag, 15:05 Uhr
Eigentlich wollten Franzi, Marie und ich entspannte Tage im Schwarzwald verbringen. Ein bisschen wandern, ein bisschen Wellness und gaaanz viel Schwarzwälder Kirschtorte. Das war der Plan. Stattdessen sitzen wir in einem seltsamen Hotel fest und befinden uns mitten in einem neuen Fall.
Letzte Nacht wurde Maries Kette geklaut. Gerade haben wir eine Geheimtür in unserem Schrank entdeckt und eine Frau in unserem Zimmer überrascht. Außerdem soll es hier angeblich spuken. Marie ist natürlich hellauf begeistert. Typisch! Geister – so ein Quatsch. Obwohl ich zugeben muss, dass hier ziemlich viele komische Dinge passieren ...
Gerade wollte ich ein bisschen zur Geschichte des Hotels recherchieren, doch das Internet funktioniert immer noch nicht. Mist! Ich hätte gerne mehr über diese Charlene Wilson gewusst. Sie war Mitte des letzten Jahrhunderts ein berühmter Hollywoodstar und soll hier im Hotel auf tragische Weise zu Tode gekommen sein. Was ist damals passiert?

Geheimes Tagebuch von Kim Jülich
Sonntag, 15:24 Uhr
Lesen streng verboten! Das gilt auch für Hoteldiebe, Geister und alle anderen, die hier herumspuken. Egal ob ihr sichtbar oder unsichtbar, echt oder nur eingebildet seid: Lasst die Finger von meinem Tagebuch!
Ich vermisse David! Das klingt jetzt vielleicht etwas albern, schließlich haben wir uns vorgestern zuletzt gesehen. Trotzdem fehlt er mir schon. Vielleicht liegt es daran, dass wir hier gerade

so völlig von der Außenwelt abgeschnitten sind. Ich kann ihn nicht anrufen und ihm nicht mal eine Nachricht schreiben. Das ist echt krass. Ob er schon versucht hat, mich zu erreichen? Vielleicht sollte ich es mit einer Brieftaube versuchen. Oder einfach nur mit der Kraft meiner Gedanken. Ich schließe jetzt die Augen und denke dreißig Sekunden ganz fest an David. Auf die Plätze, fertig, los!

Es klopfte an der Tür. Kim zuckte zusammen und riss die Augen auf.

»Herein!«, rief Franzi. Sie saß auf ihrem Bett und versuchte mal wieder, eine Nachricht an Blake zu schicken.

»Hallo, ihr drei. Darf ich reinkommen?« Herr Jülich streckte den Kopf zur Tür herein.

»Klar.« Kim schlug ihr Tagebuch zu und stopfte es zurück in den Rucksack.

»Ich wollte nur mal kurz nach euch sehen.« Herr Jülich lächelte den Mädchen zu. »Kommt ihr zurecht?«

»Natürlich«, sagte Kim. »Alles in Ordnung.«

Marie kam aus dem Bad. »Was macht die Uhr?«

Kims Vater verzog das Gesicht. »Ich komme leider nur langsam voran. Das Uhrwerk und die Stiftwalze sind völlig verdreckt. Ich habe alles auseinandergebaut und muss nun jedes Teil einzeln säubern.«

»Das heißt, du hast noch bis heute Abend zu tun?«, erkundigte sich Kim.

»Ich fürchte ja. Es tut mir wirklich leid, dass ich mich nicht mehr um euch kümmern kann. Ihr müsst euch ja zu Tode langweilen.«

»Wir beschäftigen uns schon irgendwie«, beruhigte Kim ihren Vater. Franzi und Marie nickten.
»Da bin ich aber froh.« Herr Jülich lächelte. »Falls etwas sein sollte, wisst ihr ja, wo ihr mich findet.« Er winkte den Mädchen noch einmal zu und verließ das Zimmer.
»Der Arme«, sagte Marie. »Er hat ein richtig schlechtes Gewissen.«
Kim winkte ab. »Wenn Papa an irgendeiner Uhr herumschraubt, vergisst er alles um sich herum, auch sein schlechtes Gewissen.«
Kims Handy gab einen Ton von sich, der wie klirrende Eiswürfel klang. Gleichzeitig piepste Franzis Telefon. Kim warf einen Blick auf das Display. Eine Nachricht von David!

Musste gerade an dich denken. Du fehlst mir!

Kim lächelte. Da sollte noch mal jemand sagen, Gedankenübertragung würde nicht funktionieren.
Ihre Mutter hatte ebenfalls geschrieben.

Kim, wie geht es euch? Schreib mir doch bitte, ob alles ok ist. Papa erreiche ich nicht. Kuss, Mama

Rasch tippte Kim eine Antwort an ihre Mutter und schickte David ein paar Herzen und einen Kussmund. Als sie gerade ins Internet gehen wollte, um nach Informationen über Charlene Wilson zu suchen, brach die Verbindung wieder ab.
»Die Nachricht an Blake ist endlich rausgegangen«, freute sich Franzi.

Kim legte ihr Handy zur Seite. »Wie gehen wir denn jetzt weiter vor?«

»Also, ich glaube immer noch, dass Nora Weidenberg meine Kette geklaut hat«, sagte Marie. »Und vorhin war sie hier, um noch mehr zu stehlen.«

»Warum hat sie dann unsere Wertsachen nicht mitgenommen?«, fragte Franzi. »Alle Portemonnaies und Handys sind noch hier.«

»Weil wir sie überrascht haben«, erklärte Marie.

»Bleibt trotzdem die Frage, wie sie ins Zimmer gekommen ist«, gab Kim zu bedenken.

»Auf jeden Fall hat diese Frau Weidenberg etwas zu verbergen«, fasste Franzi zusammen.

Marie nickte. »Wir sollten ihr Zimmer durchsuchen. Wenn wir meine Kette dort finden, ist der Fall klar.«

»Gute Idee«, sagte Franzi.

»Ich weiß nicht …« Kim gefiel der Gedanke nicht, in ein fremdes Zimmer einzudringen und dort herumzuwühlen. »Falls wir erwischt werden, haben wir ein echtes Problem.«

»Dann dürfen wir uns eben nicht erwischen lassen.« Franzi sprang vom Bett.

Kim erhob sich etwas langsamer. »Na gut, von mir aus.«

»Was sagt Oma Agnes immer?« Marie grinste. »Wer nicht wagt, der nicht gewinnt!«

Die Detektivinnen verließen ihr Zimmer und Kim schloss sorgfältig ab. Als sie den Schlüssel in ihren Rucksack gleiten ließ, kam der Mann aus dem Speisesaal um die Ecke. Herr Krone. Er hielt ein seltsames Gerät in der Hand und starrte konzentriert darauf, während er den Flur entlanglief. Es sah aus wie eine Fernbedienung mit einem kleinen Display. Als er die Mädchen bemerkte, ließ er das Gerät schnell sinken und beschleunigte seine Schritte.

»Komischer Typ«, stellte Marie fest, als Herr Krone weitergegangen war.

Franzi runzelte die Stirn. »Was hatte er da in der Hand? Einen Geigerzähler?«

»Vielleicht sucht er nach einer Wasserader«, witzelte Kim.

Sie gingen in die entgegengesetzte Richtung und bogen in einen langen Korridor ein.

»Sind wir hier richtig?« Marie sah sich um. »Welche Zimmernummer hat Nora Weidenberg überhaupt?«

»151«, sagte Kim wie aus der Pistole geschossen. »Das ist auf der Rückseite des Hotels.«

»Woher weißt du das?«, wunderte sich Franzi.

Kim zuckte mit den Schultern. »Hat die Empfangsdame gestern gesagt.«

Marie warf ihr einen bewundernden Seitenblick zu. »Du hast wirklich ein phänomenales Gedächtnis.«

»Halb so wild«, sagte Kim. Trotzdem freute sie sich über das Lob.

Die Detektivinnen folgten dem Gang, bogen noch zweimal ab und standen schließlich vor Zimmer 151.

Kim sah von rechts nach links, aber es war niemand zu sehen. Der Gang war menschenleer.

»Dann mal los.« Marie klopfte.

Keine Antwort.

Sie probierte es noch einmal. Keine Reaktion.

»Niemand da«, stellte Franzi fest.
»Perfekt.« Marie zog eine Haarnadel hervor und kniete sich vor die Tür. Vorsichtig stocherte sie mit der Nadel im Schloss herum, drehte sie mal nach rechts und mal nach links. »Zu blöd, dass ich mein Dietrichset nicht dabeihabe«, murmelte sie. »Aber es müsste eigentlich auch ohne gehen …«
»Beeil dich.« Kim blickte sich nervös um, doch der Flur war immer noch so ausgestorben, als wären sie die einzigen Menschen im Hotel.
»Jetzt!« Marie drehte die Nadel ein letztes Mal. Es klackte und die Tür schwang auf.
»Du bist die Beste.« Franzi klopfte ihr anerkennend auf die Schulter.
»Ich weiß.« Marie lächelte selbstbewusst. Im Gegensatz zu Kim hatte sie nicht das geringste Problem mit Komplimenten. Die Detektivinnen schlüpften ins Zimmer und Kim zog leise die Tür hinter sich zu.

Tragische Liebe

Kim sah sich um. Sie standen in einem geräumigen Zimmer mit einem großen Bett, einem Schreibtisch und einem geblümten Sessel vor dem Fenster. Über der Sessellehne hing ein weißer Seidenpyjama. Der Blick aus dem Fenster ging in den Park: Kahle Baumkronen wechselten sich mit dunklen Fichten ab. Über den Bäumen spannte sich ein grauer Himmel.

»Am besten, wir gehen systematisch vor«, sagte Marie. »Ich übernehme den Kleiderschrank.«

»Und ich das Bad.« Franzi marschierte ins Badezimmer.

Kim lief zum Schreibtisch, auf dem ein zugeklappter Laptop stand. Daneben lag eine dicke Mappe voller Unterlagen. Kim öffnete die Mappe und ging die Papiere durch. Es waren hauptsächlich Rechnungen, Briefe und Inventarlisten von Haushaltsauflösungen. Auf dem Briefkopf der meisten Seiten prangte der Schriftzug *Auktionshaus Meininger*. Einige der Geschäftsbriefe hatte Nora Weidenberg unterschrieben.

»Frau Weidenberg scheint für ein Auktionshaus zu arbeiten.« Kim blätterte weiter.

»Und sie trägt gerne Designersachen.« Marie begutachtete einen anthrazitfarbenen Blazer. »Alles sehr teure Marken. Gute Qualität, eher zeitlose Schnitte. Sie bevorzugt gedeckte Farben. Ich würde sagen, sie möchte um jeden Preis seriös wirken und ernst genommen werden. Sie ist zielstrebig und will Karriere machen. Wahrscheinlich hat sie eine höhere Position in ihrer Firma oder sie strebt eine solche an. Für eine Beförderung würde sie so ziemlich alles tun.«

Kim schüttelte amüsiert den Kopf. »Unglaublich, was du alles aus ein paar Klamotten herausliest.«

»Mode verrät eine Menge über die Menschen, die sie tragen«, erklärte Marie.

Kim schloss die Mappe und schob sie zur Seite. Darunter kam eine Klarsichthülle mit einigen losen Papieren zum Vorschein. Kim nahm die Unterlagen heraus. Es waren mehrere Kopien von handgeschriebenen Briefen. Außerdem ein Schwarz-Weiß-Foto und ein alter Zeitungsartikel. Kim erkannte die Frau auf dem Foto erst auf den zweiten Blick.

»Das ist doch ... Charlene Wilson«, stellte sie überrascht fest. Es war kein Zweifel möglich. Das Bild war keine professionelle Studioaufnahme wie das in der Eingangshalle. Es war ein Schnappschuss, auf dem die junge Schauspielerin strahlend in die Kamera lächelte. Ihre blonden Haare waren kinnlang und wurden von einem breiten Band aus dem Gesicht gehalten. Sie trug einen Badeanzug und saß an einem Strand.

»Wieso hat Nora Weidenberg ein Foto von Charlene Wilson?«, überlegte Marie.

»Keine Ahnung.« Nachdenklich legte Kim das Bild zur Seite und griff nach dem Artikel. Es stand kein Datum darauf, aber er musste ziemlich alt sein. Das Papier hatte eine gelbliche Färbung und war schon ganz abgegriffen. Kim begann zu lesen.

CHARLENE WILSONS LETZTE REISE

Hollywood-Schauspielerin unter mysteriösen Umständen gestorben

Traurige Gewissheit für alle Wilson-Fans: Die allseits beliebte und bekannte amerikanische Schauspielerin ist tot. Sie starb ver-

mutlich am vergangenen Sonntag in der Teufelsschlucht. Die genauen Umstände ihres Todes sind noch nicht endgültig geklärt.

Es war ein offenes Geheimnis, dass Charlene Wilson gerne und oft nach Deutschland reiste. Immer, wenn es ihre beruflichen Verpflichtungen zuließen, kam sie in den Schwarzwald und suchte im Schlosshotel Waldesruh *Abstand zur glamourösen Filmwelt Hollywoods. Hier fand sie die Ruhe, die sie brauchte, um sich auf ihre nächsten Rollen vorzubereiten. Hier konnte sie dem Starrummel für eine Weile entkommen und ganz sie selbst sein. In einem Interview mit dieser Zeitung sagte die Diva im vergangenen Jahr: »Ich brauche diese Auszeiten wie die Luft zum Atmen. Auf meinen Wanderungen durch den Schwarzwald finde ich den Weg zu mir.«*

Ihre Vorliebe für einsame Waldspaziergänge wurde ihr nun zum Verhängnis. Ein Wanderer entdeckte die Leiche der Diva am Sonntag in der Teufelsschlucht. Seitdem reißen die Gerüchte nicht ab. War es ein tragischer Unfall? Oder wollte die blonde Schönheit ihrem Leben ein Ende setzen? Die polizeilichen Ermittlungen dauern an.

Kim ließ den Zeitungsausschnitt sinken. Er musste aus den Fünfzigerjahren stammen. Obwohl das alles schon so lange her war, berührte sie die Geschichte. Die junge Frau auf dem Foto wirkte so strahlend und schön, sie war so voller Leben, dass ihr früher Tod umso tragischer erschien. Was war damals passiert?

Franzi kam aus dem Bad. »Ich hab nichts Verdächtiges gefunden. Nur jede Menge Schminkzeug und Beautyprodukte.«

Sie grinste. »Nora Weidenberg scheint noch mehr Zeit im Badezimmer zu verbringen als du, Marie.«

»Was ja allein noch kein Verbrechen ist«, stellte Marie fest. »Im Kleiderschrank ist auch nichts. Abgesehen von edler Designer-Mode und einem leeren Koffer.«

Kim wollte gerade von dem Zeitungsartikel erzählen, als ein Schlüssel ins Schloss gesteckt wurde. Die Detektivinnen wechselten einen alarmierten Blick. Kims Herzschlag setzte einen Moment aus und jeder Muskel ihres Körpers spannte sich an. Doch ehe sie reagieren konnte, öffnete sich die Tür und Nora Weidenberg betrat das Zimmer.

Sie blieb wie angewurzelt stehen. »Was soll das?«, fragte sie scharf. »Was macht ihr hier?«

Kim schloss einen Moment die Augen. Ihr wurde gleichzeitig heiß und kalt. Sie wäre am liebsten im Erdboden versunken. So ein Mist! Sie hatten sich tatsächlich erwischen lassen. Warum war nicht eine von ihnen draußen geblieben und hatte Wache gehalten? Sie hatten sich zu sicher gefühlt und das war ein fataler Fehler gewesen. Wie sollten sie aus der Nummer wieder rauskommen?

Franzi ließ sich nicht so leicht aus der Ruhe bringen. »Tja, ich schätze, jetzt sind wir quitt.«

»Red keinen Unsinn«, blaffte Nora Weidenberg. »Ihr habt nichts in meinem Zimmer zu suchen. Wissen eure Eltern, was ihr hier treibt? Am besten, ich informiere sofort die Hoteldirektion.«

»Das würde ich an Ihrer Stelle nicht tun«, sagte Marie. »Schließlich kann sich doch jeder mal in der Zimmernummer irren, oder?«

»Das wissen Sie ja aus eigener Erfahrung«, fügte Franzi hinzu.
Nora Weidenberg seufzte. »Was wollt ihr von mir?«
Kim hielt den Zeitungsartikel hoch. »Warum interessieren Sie sich so für Charlene Wilson?«
»Das hat berufliche Gründe«, antwortete Nora Weidenberg ausweichend.
Kim runzelte die Stirn. »Sie arbeiten für ein Auktionshaus, oder?«
Nora Weidenberg nickte. »Ich bin Auktionatorin im Auktionshaus Meininger.«
»Das heißt, Sie versteigern Kunstwerke?«, fragte Franzi.
»Nicht nur. Auf einer Auktion kann alles versteigert werden, was von Wert ist. Gemälde, Skulpturen, Schmuck, Briefmarken, Möbel, Weine und sogar Autos. Ich habe mich auf Haushaltsauflösungen und private Sammlungen bekannter Persönlichkeiten spezialisiert.«
»Was hat das alles mit Charlene Wilson zu tun?«, fragte Marie.
Kims Blick fiel auf die kopierten Briefe. Sie waren eng in einer schnörkeligen Schrift beschrieben. Die Unterschrift stach Kim ins Auge.
Deine Charly
Kim kombinierte blitzschnell. »Es geht um alte Briefe, stimmt's? Briefe von Charlene Wilson.«
Nora Weidenberg seufzte wieder. »Stimmt. Wir haben vor einer Weile zwei Briefe von ihr versteigert. Sie stammten aus dem Nachlass einer alten Dame. Keine Ahnung, auf welchen verschlungenen Wegen die Briefe dorthin gelangt sind.«

»Haben sie viel Geld gebracht?«, fragte Marie.
»Allerdings. Viel mehr, als wir erwartet hatten. Charlene Wilson ist zwar schon lange tot, aber sie ist immer noch eine Legende. Es gibt Sammler, die Unsummen für private Gegenstände verstorbener Stars bezahlen.«
Plötzlich wurde Kim klar, wie alles zusammenhing. »Deshalb waren Sie in unserem Zimmer! Sie haben nach weiteren Briefen gesucht.«
Nora Weidenbergs Schweigen war Antwort genug.
»Wie kommen Sie darauf, dass Charlene Wilson dort irgendwelche Briefe versteckt hat?«, fragte Franzi.
Als Nora Weidenberg nicht antwortete, sagte Marie: »Sie sollten lieber mit uns reden. Sonst informieren *wir* die Hoteldirektion. Janne und Jonas Reuß wird es bestimmt interessieren, dass einer ihrer Gäste fremde Hotelzimmer nach wertvollen Briefen durchsucht.«
»Also gut.« Nora Weidenberg ließ sich auf das Bett sinken und begann zu erzählen. »Nachdem das Interesse an den beiden Briefen von Charlene so groß war, hab ich angefangen zu recherchieren. Ich dachte, wo zwei Briefe sind, müssen doch noch mehr sein.«
»Wie sind Sie vorgegangen?«, erkundigte sich Kim.
»Erst hab ich die Familie kontaktiert, aus deren Nachlass die Briefe stammten. Aber die Spur war eine Sackgasse. Es gab keinerlei Verbindung zu Charlene Wilson. Die Tochter der alten Dame wusste auch nicht, woher ihre Mutter die Briefe hatte. Sie vermutet, ihre Mutter könnte sie vor vielen Jahren auf dem Flohmarkt gekauft haben, ohne zu wissen, von wem sie sind.« Nora Weidenberg strich sich eine Haarsträhne hin-

ter das Ohr, die sich aus ihrem ordentlichen Knoten gelöst hatte. »Also habe ich nach dem Empfänger der Briefe gesucht, einem gewissen Robert Angermeyer. Die Adresse auf den Briefumschlägen stimmte natürlich nicht mehr. Zum Glück ist der Name nicht allzu häufig. Es hat eine Weile gedauert, aber schließlich habe ich ihn aufgetrieben.«

»Wo?«, fragte Marie.

»Auf einem Friedhof in Freiburg. Er ist vor acht Jahren gestorben.«

»Also noch eine Sackgasse«, stellte Kim fest.

»Nicht unbedingt.« Ein schmales Lächeln erschien auf Nora Weidenbergs Gesicht. »Ich habe Robert Angermeyers Tochter ausfindig gemacht. Sie lebt in Hamburg. Wir haben uns lange unterhalten. Das Gespräch war sehr aufschlussreich.«

»Was hat sie erzählt?«, wollte Franzi wissen.

»Ihr Vater und Charlene Wilson waren in den Fünfzigerjahren ein Paar.«

»Tatsächlich?« Marie zog überrascht die Augenbrauen hoch. »Die Hollywood-Diva war mit einem Deutschen zusammen?«

»Es kommt noch besser.« Nora Weidenbergs Augen funkelten. »Robert Angermeyer war ein einfacher Tischler. Als er Charlene zum ersten Mal traf, war er noch in der Ausbildung. Sie dagegen war damals schon ein berühmter Star.«

»Wie haben sie sich kennengelernt?«

»Sie sind sich hier im *Schlosshotel Waldesruh* begegnet. Robert sollte irgendein Möbelstück zur Reparatur abholen. Dabei ist er Charlene begegnet. Es muss sofort zwischen den beiden gefunkt haben.«

»Das war bestimmt ein gefundenes Fressen für die Klatschpresse«, vermutete Marie.

Nora Weidenberg schüttelte den Kopf. »Die beiden waren schlau genug, ihre Beziehung geheim zu halten. Sie haben sich hier im Hotel getroffen, sooft es ging. Wenn Charlene in den USA war, haben sie sich lange Briefe geschrieben.«

»Darum war sie also sooft hier«, sagte Kim. »Sie liebte nicht den Schwarzwald, sondern Robert.«

»Wahrscheinlich beides«, meinte Nora Weidenberg. »Es muss eine Art *Amour fou* zwischen ihr und Robert gewesen sein.«

»Eine Amour was?«, fragte Franzi.

»*Amour fou* ist Französisch und bedeutet so viel wie verrückte Liebe«, erklärte Marie. »Also eine Liebe, die besonders heftig und leidenschaftlich ist. Das kommt oft in Büchern, Filmen oder Theaterstücken vor. Meistens geht so eine Liebesbeziehung tragisch aus.«

»So war es auch bei Charlene und Robert«, bestätigte Nora. »Sie waren verrückt nacheinander, aber sie hatten unterschiedliche Vorstellungen von der Zukunft. Charlene wollte, dass Robert zu ihr nach Amerika kommt, doch er konnte sich ein Leben in Hollywood nicht vorstellen. Er hatte keine Lust auf Starrummel und roten Teppich. Er wollte in Deutschland bleiben und ein normales Leben führen. Mit Frau, Kindern und einer kleinen Tischlerwerkstatt.«

»Sie haben sich getrennt«, vermutete Kim.

Nora nickte. »Robert hat sich von Charlene getrennt. Er sah keine Zukunft für ihre Beziehung. Also hat er ihr einen Abschiedsbrief geschrieben. Als Charlene den Brief bekam, ist sie Hals über Kopf nach Deutschland gereist, um ihn umzustimmen. Sie wollte ihn im Hotel treffen, aber er ist nicht gekommen. Stattdessen hat er ihr ihre gesammelten Liebesbriefe zurückgeschickt.«

Marie verzog das Gesicht. »Puh, das ist heftig.«

»Arme Charlene«, sagte Kim. »Sie muss am Boden zerstört gewesen sein.«

»Ja, vermutlich.« Nora seufzte. »Am nächsten Morgen brach sie zu ihrer letzten Wanderung auf. Sie stürzte in eine Schlucht ganz in der Nähe des Hotels.«

»Die Teufelsschlucht«, murmelte Kim.

»Genau. Die Todesumstände wurden nie endgültig geklärt. In der Presse ist natürlich wild spekuliert worden. Die Vermutungen reichten damals von einem Unfall über Selbstmord bis hin zu Mord. Es gab viele Gerüchte und sogar regelrechte Verschwörungstheorien. Die Zeitungen waren wochenlang voll davon.«

»Und niemand weiß, was wirklich geschehen ist?«, fragte Franzi.

Nora Weidenberg schüttelte den Kopf. »Das wird sich auch nicht mehr klären lassen. Charlene hat ihr letztes Geheimnis mit ins Grab genommen.«

»Was war mit Robert Angermeyer?«

»Er hat sich die Schuld an Charlenes Tod gegeben«, antwortete Nora. »Das hat ihn in eine tiefe Krise gestürzt, zumal er mit niemandem darüber geredet hat. Erst als er seine zukünftige Frau kennenlernte, ging es ihm allmählich besser. Er hat geheiratet, zwei Kinder bekommen und einen florierenden Tischlereibetrieb aufgebaut.«

»Also hat er genau das Leben geführt, das er sich gewünscht hatte«, sagte Kim.
»Im Grunde ja. Über Charlene Wilson hat er nie ein Wort verloren. Erst auf dem Sterbebett hat er seiner Tochter alles erzählt. Er hat sich nach all den Jahren immer noch Vorwürfe gemacht.«
»Wie schrecklich.« Marie schüttelte den Kopf.
Auch Kim hatte die Geschichte seltsam berührt. Sie warf einen Blick auf den fröhlichen Schnappschuss der jungen Charlene. Wie wäre ihr Leben weitergegangen, wenn sich Robert nicht von ihr getrennt hätte? Wären die beiden glücklich geworden?
»Sie sind also auf der Suche nach Charlenes alten Liebesbriefen?«, fragte Franzi.
Nora nickte. »Die Briefe sind verschwunden.«
»Haben Sie einen Verdacht, wo sie sein könnten?«, erkundigte sich Marie.
»Ja, ich hatte eine Theorie. Ich war mir sicher, dass Charlene die Briefe irgendwo in ihrem Zimmer versteckt hat, bevor sie starb.«
»Deshalb wollten Sie also unbedingt in Zimmer 106 wohnen«, sagte Franzi. »Damit Sie dort ungestört jede Bodendiele umdrehen können.«
»Hat leider nicht so geklappt wie geplant«, gab Nora zu.
»Was Sie nicht davon abgehalten hat, trotzdem in unser Zimmer einzudringen«, stellte Marie fest.
»Verraten Sie uns jetzt, wie Sie die Tür aufbekommen haben?«, fragte Kim.
»Wenn ihr es unbedingt wissen wollt: mit einem Dietrich.«

»War die Aktion wenigstens erfolgreich?«, erkundigte sich Franzi.

Nora Weidenberg schüttelte den Kopf. »Ich hab nichts gefunden. Absolut gar nichts.« Sie klang frustriert. »Dabei hätte ich schwören können, dass die Briefe noch existieren. Ich hab ein gutes Gespür für solche Dinge. Bisher hab ich mich nie getäuscht.«

»Vielleicht hat Charlene die Briefe vor lauter Wut und Verzweiflung vernichtet«, überlegte Kim.

»Ich hätte sie an ihrer Stelle in kleine Schnipsel gerissen«, sagte Marie. »Oder verbrannt.«

»Und die Asche in den Wind gestreut als Symbol für die Vergänglichkeit der Liebe, stimmt's?« Franzi grinste.

»Warum nicht?« Marie zuckte trotzig mit den Schultern. »Jeder verarbeitet Liebeskummer eben anders.«

»Ich fürchte, die Briefe sind für immer verloren«, meinte Nora. »Dabei wären sie heute ein Vermögen wert.«

»Was haben Sie jetzt vor?«, erkundigte sich Kim.

Die Auktionatorin zuckte mit den Schultern. »Ich werde so bald wie möglich abreisen. Hier verschwende ich nur meine Zeit. Hoffentlich sind die Straßen morgen wieder frei.«

»Tut mir leid, dass wir Ihr Zimmer durchsucht haben«, sagte Kim. »Wir dachten, Sie hätten Maries Kette gestohlen.«

Nora Weidenberg hob abwehrend die Hände. »Damit habe ich nichts zu tun. Es war sicher nicht die feine Art, heimlich in euer Zimmer einzudringen, aber ich habe es wirklich nicht nötig, jungen Mädchen ihren Schmuck zu klauen.« Sie lächelte etwas gezwungen. »Wie hast du es vorhin so schön formuliert?«, fragte sie an Franzi gewandt. »Jetzt sind wir quitt.«

Eine kleine Nachtmusik

Zum Abendessen trafen sich die Detektivinnen mit Kims Vater im alten Ballsaal, der nicht nur als Frühstücksraum, sondern auch als Restaurant diente. Trotz der wenigen Gäste waren alle Tische festlich gedeckt. Ein Kellner in schwarzer Livree servierte gerade die Suppe. Der Kronleuchter an der Decke war gedimmt und auf jedem Tisch stand ein zweiarmiger Leuchter mit brennenden Kerzen. Ihr sanfter Schein verbarg die ausgeblichenen Tapeten und die Kratzer auf dem Parkett. Der Ballsaal wirkte so pompös wie zu den Glanzzeiten des Hotels.

Kim kniff die Augen zusammen und versuchte sich vorzustellen, wie es in den Fünfzigerjahren hier ausgesehen hatte. Paare in Abendgarderobe beim Essen. Ein Orchester, das zum Tanz aufspielt. Die runde Fläche in der Mitte voller Menschen. Frauen in Pettycoats, die von ihren Tanzpartnern herumgewirbelt werden. Hatten Charlene und Robert auch getanzt? Hatten sie hier gegessen, geredet und sich tief in die Augen geschaut? Vielleicht sogar an diesem Tisch?

»Kim?«

Eine Stimme holte sie in die Gegenwart zurück. Kim blinzelte. Die tanzenden Paare verblassten. Das zerkratzte Parkett war leer.

»Ja?«

Ihr Vater sah sie stirnrunzelnd an. »Wo bist du denn mit deinen Gedanken?«

»Tut mir leid, ich war gerade abgelenkt. Was hast du gesagt?«

»Ich wollte wissen, wie euer Tag war. Was habt ihr heute gemacht?«

»Nichts Besonderes«, sagte Kim vage. Es war besser, ihr Vater wusste nichts von den Ermittlungen des Detektivclubs. Er würde sich nur Sorgen machen.

»Wir haben ein bisschen das Hotel erkundet«, erzählte Marie. Sie nickte Nora Weidenberg zu, die gerade den Ballsaal betrat und an einem Tisch am Rand der Tanzfläche Platz nahm. »Und uns mit einer Auktionatorin unterhalten. Sehr interessanter Beruf.«

Kim unterdrückte ein Grinsen. Marie beherrschte es perfekt, die Wahrheit so zu erzählen, dass selbst ein aufregender Ermittlungstag völlig harmlos klang.

»Sind Sie mit der Uhr vorangekommen?«, fragte Franzi.

»Allerdings.« Herr Jülich tunkte ein Stück Brot in seine Suppe. »Ich habe alle Teile gereinigt und bin gerade dabei, das Uhrwerk wieder zusammenzusetzen. Ein Zahnrad musste ausgetauscht werden. Zum Glück hatte ich ein passendes Ersatzteil dabei.« Er klang sehr zufrieden.

»Super.« Kim lächelte ihrem Vater zu. »Glaubst du, wir können morgen abreisen?«

Herr Jülich zuckte mit den Schultern. »Ich habe vorhin am Empfang nachgefragt, aber die konnten noch nichts sagen. Morgen früh wissen wir bestimmt mehr.«

Kim tauchte den Löffel in die Suppe und begann zu essen. Sie wusste nicht, was sie sich wünschen sollte. Dieses Hotel war ihr unheimlich und sie wollte so schnell wie möglich weg von hier. Aber sie hatten Maries Kette noch nicht gefunden. Wenn sie den Hoteldieb fassen und herausfinden wollten, was es mit den seltsamen Geistererscheinungen auf sich hatte, mussten sie sich beeilen. Sobald die Straßen wieder frei waren und das Auto aus der Werkstatt kam, würden sie weiterfahren. Bis dahin musste der Fall gelöst sein.

Nach dem Abendessen gingen die Detektivinnen in ihr Zimmer. Kim gähnte. Sie war müde und freute sich auf ihr Bett. Schnell zog sie sich aus, streifte sich ihr Nachthemd über und putzte sich im Eiltempo die Zähne.
»Ich bin total fertig.« Franzi zog die Gummis aus ihren roten Zöpfen und schüttelte ihre Haare aus.
»Und ich erst.« Marie kam aus dem Bad, nachdem sie sich gründlich abgeschminkt und ihre Nachtcreme aufgetragen hatte. Sie ging zum Schrank und stellte einen Stuhl davor. »Nur zur Sicherheit. Damit wir nicht noch mal ungebetenen Besuch bekommen.«
»Glaubst du wirklich, ein Stuhl hält Eindringlinge ab?«, fragte Franzi skeptisch.
»Nein, aber wenn jemand von innen die Schranktür öffnet, fällt der Stuhl um, wir wachen auf und können uns den Typ schnappen«, erklärte Marie.
»Gute Idee.« Kim klopfte ihr Kissen zurecht und kuschelte sich ins Bett.
Wenig später lagen auch Marie und Franzi in ihren Betten. Kim knipste die Nachttischlampe aus. Sie zog sich die Decke bis zum Kinn, schloss die Augen und war kurz darauf eingeschlafen.

Kim schreckte hoch. Es war dunkel und so still, dass es in ihren Ohren rauschte. Ihr Herz klopfte heftig. Sie hatte etwas Seltsames geträumt und wusste im ersten Moment nicht, wo sie war. Dann lösten sich die Reste des Traums auf und sie erkannte die Umrisse des Hotelzimmers im Mondlicht, das durch einen Spalt im Vorhang fiel.

Das Unwetter. Die Autopanne. Das Hotel.

Kim wollte gerade wieder zurück in ihr Kissen sinken, als sie etwas hörte. Ein Scharren. Sie hielt den Atem an und lauschte. Schlich wieder jemand durchs Nebenzimmer? Würde sich gleich die Schranktür öffnen und eine dunkle Gestalt herausklettern?

Nein, die Geräusche kamen nicht von nebenan. Sie kamen von oben. Aus dem zweiten Stock. Der seit mehreren Monaten nicht mehr genutzt wurde. Wer trieb sich dort mitten in der Nacht herum?

Kim schwang die Beine über die Bettkante und stand auf. Auf Zehenspitzen huschte sie zu Maries Bett und rüttelte an ihrer Schulter. Dann weckte sie Franzi.

»Was'n los?«, murmelte Franzi verschlafen.

»Es ist jemand im zweiten Stock«, flüsterte Kim.

»Der ist doch gesperrt.« Marie setzte sich auf. Sie war sofort hellwach.

Kim nickte. »Genau. Wegen eines Wasserrohrbruchs. Pst!« Sie legte einen Finger an die Lippen und deutete zur Decke.

Schritte. Sie waren ganz deutlich zu hören.

»Verdammt.« Maries Gesicht wirkte im Mondlicht so weiß wie Milch. »Vielleicht ist das der Geist von Charlene Wilson. Sie kommt nicht zur Ruhe, weil sie immer noch um ihre große Liebe trauert.«

»Dann hat sie aber einen ganz schön schweren Schritt«, bemerkte Franzi. »Für mich klingt das eher nach einem Mann.«
»Wir müssen nachsehen, was da oben los ist«, sagte Kim entschlossen. »Vielleicht ist der Hoteldieb wieder unterwegs.« Sie griff nach ihrem Kapuzenpullover, der am Fußende des Bettes lag, und zog ihn über das Nachthemd. Dann schlüpfte sie barfuß in ihre Turnschuhe.
»Du hast recht.« Franzi sprang aus dem Bett.
Marie warf sich schnell den weißen Hotelbademantel über. »Ich bin so weit.«
Auf leisen Sohlen verließen die Detektivinnen das Zimmer. Kim zog die Tür hinter sich zu. Auf dem Flur war nur die Notbeleuchtung eingeschaltet. In dem grünlichen Licht wirkten die Gesichter von Marie und Franzi irgendwie krank. Kim lauschte, aber es herrschte nächtliche Stille. Keine Stimmen, kein laufender Fernseher, auch keine Schritte. Nichts. Alle Gäste schienen zu schlafen. Alle – abgesehen von den Detektivinnen und einem Unbekannten im zweiten Stock.
Kim deutete in Richtung Treppe. Der Fahrstuhl würde viel zu viel Lärm machen. Ihre Schritte wurden vom Teppich verschluckt, während ihre Schatten über die Wände huschten. Fast fühlte sich Kim selbst wie ein Gespenst, das im dunklen Hotel herumspukte. Dabei war die Geisterstunde längst vorüber.
Der Treppenaufgang in den zweiten Stock war mit einer Kette versperrt, an der ein Schild mit der Aufschrift *Privat* befestigt war. Die drei !!! ignorierten das Schild. Nacheinander stiegen sie über die Kette und schlichen die Treppe hinauf. Kim versuchte, ihre Füße so vorsichtig wie möglich aufzusetzen.

Trotzdem knarzten die alten Stufen. In der Stille der Nacht klang das Geräusch unnatürlich laut.
Der Wind hatte wieder aufgefrischt. Eine heftige Böe pfiff ums Haus und ließ die Fensterläden klappern. Es hörte sich an, als würden draußen ein paar übermütige Waldgeister ihre Späße treiben.
Kims Finger krallten sich um das Treppengeländer. Ihr lief es kalt den Rücken hinunter.
Es gibt keine Gespenster.
Stumm wiederholte sie den Satz, bis er ihren ganzen Kopf ausfüllte und die Angst verdrängte. Trotzdem fühlten sich ihre Knie weich an und ihr Herz klopfte heftig. Auf der letzten Stufe stolperte sie und wäre beinahe gefallen. Im letzten Moment fand sie das Gleichgewicht wieder.
Die Treppe führte in einen dunklen Flur. Die Notbeleuchtung war ausgeschaltet, wenn es hier überhaupt eine gab. Es roch nach Staub, Feuchtigkeit und ein bisschen nach Schimmel. Am Ende des Ganges meinte Kim, einen schwachen Lichtschein wahrzunehmen. Wer oder was trieb sich dort herum?
Die Detektivinnen verständigten sich mit einem Blick und tasteten sich vorwärts. Der modrige Geruch wurde stärker und Kim unterdrückte ein Niesen. Ein Wispern schien aus den Mauern zu dringen. Erzählten sich dort die Geister Geschichten aus der Vergangenheit? Wie viele traurige, lustige, dramatische und tragische Momente hatte es in diesem alten Hotel im Lauf der Jahrzehnte gegeben? In den Zimmern waren Tränen geflossen, es hatte Streit und Versöhnung gegeben, Paare hatten zusammengefunden und sich getrennt. Die Schicksale all der Menschen, die hier ein und aus gegangen wa-

ren, ihr Glück, ihre Trauer, ihre Liebe und ihre Verzweiflung, all dies war immer noch da. Es steckte in den Wänden, in jedem einzelnen Stein, in jeder Bodendiele. Man musste nur zuhören, dann erzählte einem dieses Hotel so viele Geschichten, dass es für hundert Romane reichen würde.

Das seltsame Wispern verstummte. Wahrscheinlich war es nur der Wind gewesen. Kim schüttelte ärgerlich den Kopf. Wie kam sie nur auf diese merkwürdigen Gedanken? Was ging in ihrem Kopf vor? Drehte sie langsam durch?

Marie, die direkt vor Kim ging, blieb so plötzlich stehen, dass sie fast zusammengestoßen wären. Der Lichtschein war jetzt in greifbarer Nähe. Er kam aus einem Zimmer am Ende des Ganges, dessen Tür nur angelehnt war. Das Licht war weich und flackerte. Eine Kerze?

»Hört ihr das?«, flüsterte Marie.

Kim lauschte. Tatsächlich! Kein Wispern, sondern Musik. Ganz leise, aber unverkennbar. Geigen, ein Orchester, die Stimme einer Frau. Kim zog die Schultern hoch. Ihr war plötzlich kalt. Ein Teil von ihr wäre am liebsten auf dem Absatz umgedreht und auf direktem Weg ins Bett geflüchtet, um sich die Decke über die Ohren zu ziehen. Nichts sehen und nichts hören – schon gar keine geisterhafte Musik in einer verlassenen Hoteletage ...

Gerade noch rechtzeitig meldete sich Kims Detektivinstinkt zurück. Stopp! Abhauen kam gar nicht infrage. Sie mussten herausfinden, was hier los war. Also weiter!

Nur wenige Schritte trennten sie von der halb geöffneten Tür. Kim setzte einen Fuß vor den anderen. Leise, ganz leise. Bloß keinen Lärm machen. Je näher sie der Tür kamen, desto besser war die Musik zu hören. Jetzt konnte Kim sogar den Text verstehen.

»Ganz Paris träumt von der Liebe,
denn dort ist sie ja zu Haus …«

Die Melodie kam ihr irgendwie bekannt vor. Das musste ein alter Schlager sein. Hatte sie ihn vielleicht schon mal im Radio gehört? Oder bei Franzis Oma, als sie noch in ihrem kleinen Hexenhäuschen in Billershausen lebte?
Sie standen jetzt direkt vor dem Zimmer. Vorsichtig zog Marie die Tür etwas weiter auf, sodass sie einen Blick in den Raum dahinter werfen konnten.
Kim schnappte nach Luft. Der Anblick, der sich ihnen bot, war so unwirklich wie die Szene aus einem Traum.
»Kann mich mal jemand kneifen?«, flüsterte Franzi, der es ähnlich zu gehen schien.
In dem verlassenen Hotelzimmer flackerten mehrere Kerzen in einem silbernen Leuchter auf dem Tisch. Daneben stand ein altes Grammofon, auf dem sich eine schwarz glänzende Platte drehte. Die Musik schwoll gerade zum Refrain an:

»Ganz Paris träumt dieses Märchen,
wenn es wahr wird,
ganz Paris grüßt dann das Pärchen,
das ein Paar wird …«

Die Platte knisterte und knackte. Der Ton, der aus dem trichterförmigen Lautsprecher kam, klang blechern. Im Hintergrund ragte ein altes Himmelbett auf. Der Stoffhimmel hing durch und an der Wand blühten dunkle Flecken. Die Feuchtigkeit hatte ihre Spuren hinterlassen. Trotzdem hätte es Kim nicht gewundert, wenn im nächsten Moment ein Paar durch das Zimmer getanzt wäre. Sie mit gewelltem Haar im langen Kleid, er im Frack mit einem ordentlichen Scheitel und polierten Schuhen ...

Plötzlich bewegte sich etwas im Schatten des Himmelbetts. Franzis Finger krallten sich in Kims Arm. Eine dunkle Gestalt erhob sich. Einen Wimpernschlag lang glaubte Kim tatsächlich an Geister – bis sie erkannte, dass es sich um einen Menschen handelte.

Genauer gesagt um einen Mann, der jetzt aus dem Schatten trat und auf sie zukam.

Kim wich automatisch einen Schritt zurück. Wer war das?

Auf Geisterjagd

Der Mann blieb neben dem Tisch stehen und hob den Tonarm des Grammofons von der Platte. Die Musik verstummte.
»Verdammt, habt ihr mich erschreckt!«
Im flackernden Kerzenschein erkannte Kim endlich, wen sie vor sich hatten.
»Herr Krone?«, fragte sie ungläubig.
»Woher weißt du, wie ich heiße?« Herr Krone stellte das Grammofon aus, woraufhin sich die Platte immer langsamer drehte.
»Das haben wir heute Morgen zufällig mitbekommen«, erklärte Marie. »Wir wohnen auch hier im Hotel.«
»Stimmt, ich hab euch beim Frühstück gesehen.«
Franzi ließ Kims Arm los. »Was machen Sie hier?«
»Ich stelle ein paar Untersuchungen an«, antwortete Herr Krone ausweichend.
»Was für Untersuchungen?«, fragte Kim. »Geht es um den Wasserschaden?«
»Nein, nein.« Herr Krone zögerte, dann gab er sich einen Ruck. »Ich bin kein Klempner, sondern Geisterjäger.«
»Wie bitte?« Kim zog die Augenbrauen hoch. Hatte sie richtig gehört?
Franzis Mundwinkel zuckten. Sie sah aus, als wäre sie kurz davor loszuprusten.
»Ich bin ein Geisterjäger«, wiederholte Herr Krone.
»Wie interessant«, sagte Marie.
»Findest du?« Herr Krone wirkte freudig überrascht. »Die

meisten Leute fangen an zu lachen, wenn ich ihnen davon erzähle.«

»Machen Sie das hauptberuflich?«, erkundigte sich Marie.

Herr Krone schüttelte den Kopf. »Nein, nur als Hobby. Aber ich habe eine ziemlich gute Ausrüstung. Geistererscheinungen haben mich schon immer fasziniert.«

»Ich finde das Thema auch total spannend.« Maries Augen glänzten begeistert. »Was tut ein Geisterjäger denn genau?«

»Ich versuche, paranormale Phänomene zu dokumentieren«, erklärte Herr Krone. »Mithilfe von verschiedenen Techniken und Geräten.«

»Wie sind Sie auf das *Schlosshotel Waldesruh* gekommen?«, fragte Kim. »Haben Jonas und Janne Reuß Sie beauftragt?«

»Nein, ich bin sozusagen inkognito hier. Ich hab im Internet von den Spukerscheinungen im Hotel gelesen. Hier gehen ja schon seit Jahrzehnten seltsame Dinge vor sich.«

»Heißt das, es gibt Seiten im Netz, auf denen solche Erscheinungen gesammelt werden?«, erkundigte sich Franzi.

»Ganz genau.« Herr Krone nickte. »Ich bin ja nicht der einzige Geisterjäger.«

»Tatsächlich?« Franzi schien das nicht ganz glauben zu können.

»Es gibt verschiedene Geisterjäger-Gruppierungen, die in ganz Deutschland oder sogar europaweit tätig sind«, erklärte Herr Krone. »Aber ich arbeite lieber allein. Nachdem ich von den Spukerscheinungen im *Schlosshotel Waldesruh* gelesen hatte, wollte ich der Sache nachgehen. Ich hab Janne Reuß angerufen und ihr von meinem Vorhaben erzählt.«

»Und?«, fragte Kim.

»Sie hat mich abgewimmelt. Darum bin ich auf eigene Faust hergekommen.«

»Was soll das alles hier?« Franzi machte eine ausladende Handbewegung. »Die Musik, die Kerzen … ist das eine Art Séance?«

»Ja, das könnte man so sagen«, bestätigte Herr Krone. »Mit der Musik versuche ich, die Geister anzulocken. Sie muss natürlich in die Zeit passen, in der sie gelebt haben, darum habe ich Schlager aus den Fünfzigerjahren gewählt. Habt ihr schon mal von Charlene Wilson gehört?«

»Die Hollywood-Diva, die in der Nähe des Hotels eines tragischen Todes gestorben ist.« Marie nickte. »Wir kennen die Geschichte.«

»Ich würde zu gerne beweisen, dass ihr Geist immer noch hier ist.« Herr Krone starrte in die flackernden Kerzen. »Ich kann ihre Präsenz ganz deutlich spüren.«

Kim bekam eine Gänsehaut, während Franzi neben ihr schon wieder mit einer Kicherattacke kämpfte.

»Wie dokumentiert man die Anwesenheit eines Geistes?«, wollte Marie wissen. Das Thema schien sie wirklich zu fesseln.

»Da gibt es verschiedene Möglichkeiten.« Herr Krone deutete auf eine Kamera, die um seinen Hals hing. »Fotos sind eine davon. Ich habe an mehreren Stellen im Haus Fotofallen installiert.«

»Fotofallen?«, hakte Kim nach.

»Das sind Fotoapparate, die durch Bewegung ausgelöst werden«, erklärte der Geisterjäger. »Sie funktionieren auch bei Dunkelheit, so ähnlich wie Wildkameras im Wald. Außerdem habe ich eine Videokamera dabei, ein Diktiergerät, um ungewöhnliche Geräusche aufzunehmen, und ein Temperaturmessgerät.«

»Wozu das?«, erkundigte sich Franzi.

»Plötzliche Temperaturschwankungen können auf die Anwesenheit eines Geistes hindeuten.«

Kim dachte an den kalten Lufthauch, den sie während des Stromausfalls gespürt hatte. Und an Maries Erlebnis am ersten Abend in der Badewanne. Hatte sie sich den eisigen Hauch doch nicht eingebildet?

»Plötzliche Temperaturschwankungen können auch auf eine kaputte Heizung oder undichte Fenster hinweisen«, stellte Franzi fest.

Marie warf ihr einen ärgerlichen Blick zu. »Haben Sie hier schon Geistererscheinungen dokumentiert?«

Herr Krone schüttelte den Kopf. »Leider nicht. Ich habe allerdings an verschiedenen Stellen elektromagnetische Schwingungen gemessen. Die entstehen ebenfalls, wenn Geister anwesend sind.«

»Erzeugen nicht auch Handys elektromagnetische Felder?«, fragte Franzi.

»Das stimmt«, gab Herr Krone zu. »Darum ist es wichtig, immer alle Daten auszuwerten, um zu einer möglichst genauen Einschätzung zu kommen.«

»Hatten Sie letzte Nacht auch Fotofallen aufgestellt?«, wollte Marie wissen.

»Ja, eine hier oben und eine im ersten Stock.«

»Dürften wir uns die Bilder anschauen?«, fragte Marie.

Franzi verdrehte die Augen. »Das ist nicht dein Ernst, oder? Glaubst du wirklich, die Kamera hat Geister fotografiert?«

»Warum nicht?«, erwiderte Marie. »Vielleicht sind ja die Kinder drauf, die wir gehört haben.«
»Oder der Hoteldieb«, fügte Kim hinzu.
»Natürlich dürft ihr die Fotos sehen.« Herr Krone zog einen Laptop hervor, stellte ihn auf den Tisch und klappte ihn auf. Er fuhr den Computer hoch und öffnete eine Datei. »Diese Bilder wurden gestern Abend und letzte Nacht gemacht. Das erste Foto ist nur eine Probeaufnahme.« Er klickte auf das Bild. Es zeigte den Flur im ersten Stock. Das Licht war nicht besonders gut, trotzdem konnte man die Türen und den Teppichboden erkennen.
»Da ist unser Zimmer.« Marie deutete auf eine Tür etwas weiter hinten.
»Mal sehen ... was haben wir denn noch ...« Herr Krone öffnete das nächste Foto. Eine Frau lief den Gang entlang.
»Nora Weidenberg«, sagte Kim. »Wahrscheinlich ist sie auf dem Weg zu ihrem Zimmer.«
»Sie wissen schon, dass es eigentlich verboten ist, heimlich irgendwelche Leute zu fotografieren, oder?«, fragte Franzi.
Herr Krone wurde rot. »Ja, natürlich. Ich lösche die Bilder hinterher sofort wieder. Mich interessieren keine Aufnahmen von Menschen. Ich will Geister fotografieren.«
Das nächste Foto zeigte eine Gestalt, die gerade ein Zimmer betrat.
»Moment mal!« Kim beugte sich vor. »Da geht jemand in Zimmer 107. Und zwar um genau ...« Sie warf einen Blick auf die Zeitanzeige um unteren Bildrand. »1.51 Uhr.«
Auf dem darauffolgenden Foto verließ die Gestalt das Zimmer wieder.

»2.12 Uhr«, stellte Franzi fest. »Die Person war also einundzwanzig Minuten in Zimmer 107.«

»Denkt ihr, was ich denke?«, fragte Marie.

Kim nickte. Einundzwanzig Minuten reichten voll und ganz, um durch die Geheimtür im Schrank in ihr Zimmer zu gelangen, Maries Kette zu klauen und wieder zu verschwinden.

»Kennt ihr den Typ?«, fragte Herr Krone.

»Noch nicht, aber das wird sich hoffentlich bald ändern«, sagte Franzi grimmig. »Können Sie das Foto vergrößern?«

»Klar.« Der Geisterjäger zoomte die Person heran.

Das Bild war sehr pixelig, trotzdem konnte man eindeutig erkennen, dass es sich um einen Mann handelte. Er war mittelgroß, trug dunkle Kleidung und hatte kurze Haare. Leider wandte er auf beiden Bildern das Gesicht ab.

»Wer bist du?«, murmelte Kim.

»Seht mal, da.« Marie zeigte auf die Jacke des Mannes, die am linken Oberarm mit einem Aufnäher verziert war. »Könnte das nicht ein Tigerkopf sein?«

»Möglich.« Franzi kniff die Augen zusammen. »Blöd, dass das Bild so unscharf ist.«

Marie betrachtete nachdenklich das Foto. »Der Tigerkopf ist das Logo von *Cool Tiger*.«

»Meinst du diese Marke für teure Sportklamotten?«, fragte Franzi. »Die stellen tolle Shirts her, aber die sind leider unbezahlbar.«

Marie nickte. »Und wisst ihr, wer eine *Cool Tiger*-Jacke trägt?«

Kim schüttelte den Kopf. »Wer?«

»Dieser Nachtportier.«

»Michael Mertens?« Kim runzelte die Stirn. »Ist mir gar nicht aufgefallen. Bist du sicher?«
»Ganz sicher«, sagte Marie mit Nachdruck. »Solche Sachen merke ich mir.«
»Wollt ihr die anderen Bilder auch sehen?«, fragte Herr Krone.
Kim nickte. »Ja, bitte.«
Der Geisterjäger klickte die restlichen Fotos im Schnelldurchlauf an, aber es waren weder Geister noch andere Überraschungen darauf zu sehen.
»Keine Kinder«, stellte Marie enttäuscht fest.
»Immerhin wissen wir jetzt mit Sicherheit, dass an dem Abend tatsächlich kein Kind in unserem Flur unterwegs war«, sagte Franzi.
»Aber wir haben die Stimmen doch alle drei gehört«, sagte Marie. »Woher kamen sie?«
Franzi zuckte mit den Schultern. »Das wird wohl für immer ein Rätsel bleiben.«
»Ihr habt Kinderstimmen gehört?«, fragte Herr Krone.
Marie nickte. »Laut und deutlich. Als wir gestern Abend im Bett lagen. Aber im Hotel gibt es keine Kinder.«
»Interessant.« Herr Krone strich sich nachdenklich über das Kinn. »Vielleicht sollte ich morgen Abend im ersten Stock ein Diktiergerät installieren, um ungewöhnliche Geräusche aufzuzeichnen.«
»Danke, dass Sie uns die Fotos gezeigt haben«, sagte Kim.
»Gern geschehen.« Der Geisterjäger klappte den Laptop zu. Er warf einen Blick auf seine Armbanduhr. »Ich glaube, ich mache für heute Feierabend.«

»Die Geisterstunde ist vorbei, was?« Franzi grinste.
Kim gähnte. Plötzlich war sie so müde, dass ihr fast die Augen zufielen. Höchste Zeit, wieder ins Bett zu gehen und noch ein bisschen zu schlafen.
Morgen würden sie weitersehen.

Als die Detektivinnen am nächsten Tag ihr Zimmer verließen, war Kim alles andere als ausgeruht. Obwohl sie sich direkt nach dem Aufstehen eiskaltes Wasser ins Gesicht gespritzt hatte, fühlte sich ihr Kopf an, als wäre er mit Watte gefüllt. Marie und Franzi sahen ebenfalls ziemlich müde aus.
»Warum müssen wir eigentlich so früh aufstehen?«, maulte Franzi. »Es sind doch Ferien.«
»Weil wir nicht wissen, wie viel Zeit uns noch bleibt, um den Fall zu lösen.« Marie schloss die Zimmertür ab. »Bevor wir weiterfahren, will ich meine Kette wiederhaben.«
Kim unterdrückte ein Gähnen. »Wir müssen den Nachtportier überprüfen. Am besten gleich nach dem Frühstück.« Sie sah sich unauffällig nach einer versteckten Kamera um, konnte aber keine entdecken. Offenbar hatte Herr Krone seine Fotofallen letzte Nacht noch abgebaut.
Oder doch nicht?
Kim blieb vor einem Blumengesteck stehen, das auf einem kleinen Tisch neben dem Fahrstuhl ein trauriges Dasein fristete. Es bestand aus bunten Strohblumen und Schleierkraut und war ziemlich staubig. Aber das war es nicht, was Kims Aufmerksamkeit erregt hatte. Zwischen zwei getrockneten Mini-Rosen steckte etwas, das dort nicht hingehörte.
»Wartet mal kurz.« Kim griff in die getrockneten Blumen

und zog den Gegenstand heraus. Es war ein kleiner schwarzer Würfel, der auf einer Seite winzige Löcher hatte.
»Was ist das?«, fragte Franzi. »Ein Salzstreuer?«
»Sieht eher aus wie ein Lautsprecher in Mini-Format«, sagte Marie.
Kim nickte langsam. »Die Frage ist, was dieser Lautsprecher im Blumengesteck zu suchen hat.«
Franzi runzelte die Stirn. »Meint ihr, Herr Krone hat ihn hier versteckt? Wie die Fotofallen im Flur?«
»Warum sollte er so etwas tun?«, erwiderte Marie. »Mit einem Lautsprecher kann man keine Geistererscheinungen dokumentieren.«
»Nein, aber man kann welche inszenieren.« Kim war plötzlich ein Gedanke gekommen.
»Die Kinderstimmen!«, rief Franzi.
»Genau«, bestätigte Kim. »Was, wenn die Kinderstimmen, die wir gehört haben, über diesen Lautsprecher abgespielt wurden?« Sie drehte den schwarzen Würfel nachdenklich hin und her. War dieses kleine Wunderwerk der Technik des Rätsels Lösung?
»Ausgeschlossen ist das natürlich nicht«, gab Marie zu. »Aber warum sollte sich jemand die Mühe machen, hier einen Lautsprecher zu verstecken, um einen Spuk vorzutäuschen? Das bringt doch nichts.«
»Vielleicht wollte dieser Jemand den Gästen Angst einjagen«, vermutete Franzi.
»Oder Herr Krone will endlich handfeste Ergebnisse vorweisen«, sagte Kim.
»Wie meinst du das?«, fragte Marie.

»Vielleicht hat er keine Lust mehr, für sein Hobby belächelt zu werden. Er will endlich ernst genommen werden. Da wäre doch das Beste, was ihm passieren kann, eine handfeste Geistererscheinung, die er per Kamera oder Diktiergerät aufzeichnet.«

»Du meinst, er ist ein Betrüger?« Marie schien diese Vorstellung nicht zu gefallen. »Ich fand ihn eigentlich ganz sympathisch.«

»Es gibt auch sympathische Betrüger«, stellte Franzi fest.

»Ja, leider.« Marie seufzte.

»Am besten, wir fragen ihn einfach.« Kim steckte den Mini-Lautsprecher ein.

»Du willst ihn direkt mit unserem Verdacht konfrontieren?«, fragte Franzi.

Kim nickte. »Für alles andere fehlt uns die Zeit.»

Die Zeit drängt

Die Detektivinnen ließen den Fahrstuhl links liegen und nahmen die Treppe ins Erdgeschoss. Sie hatten Glück. In der Eingangshalle kam ihnen der Geisterjäger entgegen, der auf dem Weg in den Frühstücksraum war.

»Guten Morgen«, begrüßte er die Mädchen. »So schnell sieht man sich wieder. Habt ihr gut geschlafen?«

»Die Nacht war eindeutig zu kurz«, antwortete Marie. »Aber wem sage ich das?«

»An den Schlafmangel gewöhnt man sich.« Herr Krone wirkte beneidenswert fit. »Ich trinke morgens immer meine zwei Tassen Kaffee und mache später ein kleines Mittagsschläfchen. So komme ich gut durch den Tag. Nach dem Frühstück werde ich gleich die Aufzeichnungen von letzter Nacht auswerten. Vielleicht habe ich ja dieses Mal Glück und es ist etwas Brauchbares dabei.«

»Gehört das zufällig Ihnen?« Kim zog den Lautsprecher aus der Hosentasche.

»Was ist das?« Herr Krone betrachtete mit gerunzelter Stirn den kleinen Würfel.

»Ein Mini-Lautsprecher. Wir dachten, der könnte vielleicht Teil Ihrer Ausrüstung sein.«

»Nein. Ich benutze keine Lautsprecher. Musik spiele ich mit meinem Handy ab. Oder mit dem alten Grammofon meiner Oma, wenn es ganz authentisch sein soll.«

»Sind Sie sicher?«, hakte Franzi nach.

»Ganz sicher. Wo habt ihr den gefunden?«

»In einem Blumengesteck im ersten Stock«, antwortete Kim. »Jemand muss ihn dort versteckt haben. Möglicherweise wurden die Kinderstimmen, die wir vorgestern Abend gehört haben, mit diesem Lautsprecher abgespielt.«

»Und ihr glaubt, das war ich?« Herr Krone schien erst jetzt zu begreifen, was das hieß. »Ihr unterstellt mir, ich hätte absichtlich eine Geistererscheinung inszeniert?«

»Das ist natürlich nur eine Vermutung«, sagte Marie schnell. »Wir müssen jedem Verdacht nachgehen, das verstehen Sie hoffentlich.«

»Ehrlich gesagt, verstehe ich gerade gar nichts mehr.« Herr Krone kratzte sich verwirrt am Kopf.

»Wir sind Detektivinnen.« Kim reichte dem Geisterjäger ihre Visitenkarte.

»Detektivinnen?« Herr Krone überflog den kurzen Text. »Wir suchen nach einem Hoteldieb, der seit einiger Zeit die Gäste beklaut«, erklärte Franzi. »Außerdem scheinen hier noch andere seltsame Dinge vor sich zu gehen.«

»Was habt ihr denn erwartet?« Herr Krone steckte die Visitenkarte ein. »Natürlich gehen in einem Spukhotel seltsame Dinge vor sich. Genau deshalb bin ich ja hier. Aber mit diesem Lautsprecher habe ich nichts zu tun. Ich täusche keine Geistererscheinungen vor, das müsst ihr mir glauben. Ich bin ein seriöser Geisterjäger!«

»Ist das nicht ein Widerspruch in sich?«, murmelte Franzi.

Marie stieß sie mit dem Ellbogen an. »Natürlich glauben wir Ihnen. Nichts für ungut und einen schönen Tag.«

Herr Krone gab Kim den Lautsprecher zurück und betrat kopfschüttelnd den Frühstücksraum.

Kim sah ihm nachdenklich hinterher. »Meint ihr, er sagt die Wahrheit?«

Franzi zuckte mit den Schultern. »Keine Ahnung.«

»Also ich finde, er wirkt ziemlich glaubwürdig«, bemerkte Marie.

»Achtung, Themawechsel.« Kim hatte ihren Vater entdeckt, der gerade von draußen hereinkam.

»Guten Morgen!« Lächelnd ging Herr Jülich auf die Mädchen zu. Er trug Schal und Mantel. Seine Schuhe waren voller Dreck.

»Hallo, Papa«, begrüßte ihn Kim. »Wo kommst du denn her?«

»Ich hab vor dem Frühstück eine Runde durch den Park gedreht, um frische Luft zu schnappen. Es regnet zwar nicht mehr, aber die Wege sind ganz schön matschig.«

»Sind die Straßen noch gesperrt?«, erkundigte sich Franzi.

»Der Nachtportier meinte vorhin, die Zufahrtsstraße zum Hotel soll im Lauf des Tages freigegeben werden.«

»Und was ist mit unserem Auto?«, wollte Kim wissen.
»Das wurde inzwischen abgeschleppt und steht in der Werkstatt. Ich hab schon mit dem Mechaniker telefoniert. Wenn alles gut läuft, ist der Wagen heute Abend fertig.« Herr Jülich lockerte seinen Schal und knöpfte den Mantel auf.
»Dann können wir also spätestens morgen weiterfahren?«, fragte Marie.
Herr Jülich nickte. »Sieht ganz so aus. Bis dahin bin ich hoffentlich auch mit der Uhr fertig.«
Kim warf ihren Freundinnen einen Blick zu. Sie verstanden sich ohne Worte. Entweder sie lösten den Fall heute – oder er würde als erster ungelöster Fall in die Geschichte des Detektivclubs eingehen. Kim ballte die Fäuste. Das durfte unter gar keinen Umständen geschehen!

Nach dem Frühstück entschuldigte sich Kims Vater, um sich wieder der alten Glasglockenuhr zu widmen. Die Detektivinnen verließen den Ballsaal und gingen in die Eingangshalle.
»Wer den Lautsprecher in unserem Flur versteckt hat, bleibt wohl vorerst ein Rätsel«, stellte Kim fest.
»Dann knöpfen wir uns jetzt den Nachtportier vor«, sagte Franzi. »Wir müssen unbedingt herausfinden, ob er tatsächlich derjenige ist, der in Herrn Krones Fotofalle getappt ist.«
Kim warf einen Blick zum Empfang. Ida Rosenblom tippte etwas in den Computer. Michael Mertens war nicht zu sehen. »Seine Schicht ist bestimmt schon zu Ende. Kommt, wir fragen mal, wo er steckt.«
Die Detektivinnen gingen zur Rezeption. Ida Rosenblom blickte auf und lächelte.

»Was kann ich für euch tun?«
»Wir suchen Michael Mertens, den Nachtportier«, antwortete Marie. »Können Sie uns sagen, wo wir ihn finden?«
»Micha ist gerade nicht da, tut mir leid.« Die Empfangsdame zuckte bedauernd mit den Schultern.
»Wo ist er denn?«, fragte Franzi. »Er wollte uns ... ähm ... noch den Park zeigen, bevor wir abreisen.«
Wenn Kim nicht alles täuschte, zuckte ein amüsiertes Lächeln über Ida Rosenbloms Gesicht. Bestimmt dachte sie jetzt, sie würden auf den Nachtportier stehen. Wie peinlich!
»Micha dreht gerade seine Joggingrunde durch den Wald«, sagte die Empfangsdame in neutralem Ton. »Das macht er jeden Morgen nach der Nachtschicht.«
»Und danach?«, erkundigte sich Marie.
»Danach geht er schlafen. Aber heute Abend ist er wieder hier. Seine Schicht beginnt um zwanzig Uhr.«
»Kein Problem, wir probieren es einfach später noch mal«, sagte Kim schnell. Sie zog ihre Freundinnen um die nächste Ecke.
»Was ist denn los?«, fragte Franzi irritiert.
»Nichts.« Kim blieb stehen und verzog das Gesicht. »Na ja, ich find's nur irgendwie peinlich, dass es jetzt aussieht, als würden wir diesem Micha nachlaufen.«
»Na und?« Franzi schien damit kein Problem zu haben.
»Ist doch völlig egal, was die Empfangsdame von uns denkt«, fand Marie.
»Stimmt«, gab Kim zu. »Eigentlich habt ihr recht.« Sie fuhr sich durch ihre kurzen dunklen Haare. »Und was machen wir jetzt?«

»Wir können auf keinen Fall bis heute Abend warten«, sagte Franzi energisch. »Um acht sind wir vielleicht schon abgereist.«
»Wir passen Michael Mertens nach dem Joggen ab«, schlug Marie vor. »Sind wir gestern nicht an den Personal-Umkleideräumen vorbeigekommen?«
Kim nickte. »Stimmt. Nichts wie hin.«
Die Detektivinnen liefen den Gang hinunter und bogen zweimal ab. Jetzt zahlte es sich aus, dass sie sich gestern so gründlich im ganzen Hotel umgeschaut hatten. Die Personalräume lagen direkt neben dem Hinterausgang in einem schmucklosen Korridor mit abgetretenem Linoleumboden. Hier hatten Gäste eigentlich nichts zu suchen. Kim sah schnell von rechts nach links, bevor sie die Herren-Umkleide betrat. Es war niemand zu sehen. Eilig schlüpfte sie in den Raum und zog leise die Tür hinter sich zu. Die Umkleide war leer, aber in dem angrenzenden Duschraum rauschte das Wasser und jemand pfiff gut gelaunt.
»Wir müssen uns beeilen«, zischte Kim. »Bevor wir erwischt werden.«
»Da!« Franzi hatte an der hinteren Wand eine Reihe von Spinden aus grauem Metall entdeckt. Sie waren mit Namensschildern versehen. »Michael Mertens.«
Auf einer Bank vor dem Spind lagen verschwitzte Sportsachen. Darunter stand ein Paar Turnschuhe. Sie waren schwarz und ziemlich verdreckt. Kim fegte eine schmutzige Socke zur Seite und griff nach dem rechten Schuh. Als sie ihn umdrehte, pfiff sie leise durch die Zähne.
»Größe 44!«

»Seht ihr das Muster?« Franzi zeigte auf die Sohle. »Diagonale Streifen.«
Marie zückte ihr Handy und suchte das Foto von dem Fußabdruck heraus, das sie in Zimmer 107 gemacht hatte. Sie zoomte den Abdruck heran. »Könnte passen.«
»Er ist es!« Franzis Augen glitzerten aufgeregt. »Michael Mertens ist der Hoteldieb.«
»Leider fehlen uns handfeste Beweise«, sagte Kim. »Der Fußabdruck ist nur ein Indiz. Er könnte auch von einer anderen Person stammen. Außerdem muss der Nachtportier nicht unbedingt Maries Kette geklaut haben, nur weil er nachts in Zimmer 107 herumgeschlichten ist.«
Marie untersuchte das Spindschloss. »Ein einfaches Schloss. Lässt sich locker knacken.«
»Du willst den Spind aufbrechen?«, fragte Kim etwas zu laut.
»Pst!«, machte Marie. »Warum denn nicht? Vielleicht finden wir in dem Schrank die Beweise, nach denen wir suchen.«
»Also ich bin dafür«, sagte Franzi.
Kim seufzte. »Okay. Von mir aus. Aber mach schnell.«
Sie lauschte mit einem Ohr auf die Dusche, während Marie eine Haarnadel aus ihrer Hosentasche zog. Solange das Wasser lief, brauchten sie sich keine Sorgen zu machen.
Marie fummelte am Schloss herum und eine halbe Minute später schwang die Tür auf. »Kleinigkeit«, sagte sie zufrieden und steckte die Haarnadel wieder ein.
»Was haben wir denn da?« Franzi griff nach einer dunkelgrauen Jacke, die an einem Haken im Spind hing. Auf dem linken Oberarm prangte ein heller Aufnäher in Form eines Tigerkopfs.

»Eine *Cool Tiger*-Jacke.« Marie lächelte. »Ich hab's doch gewusst.«
Kims Herz klopfte aufgeregt. War Michael Mertens tatsächlich der Hoteldieb? Es sah ganz danach aus …
»Was macht ihr da?«
Eine Stimme ließ die Detektivinnen zusammenzucken. Kim fuhr herum. In der Tür zu den Duschen stand der Nachtportier, mit einem Handtuch um die Hüften und tropfnassen Haaren. Verdammt! Sie hatten nicht aufgepasst.
»Ihr seid hier falsch, Mädels«, stellte er mit einem Grinsen fest. »Das ist die Herren-Umkleide.« Dann wurde er ernst. »Was habt ihr an meinem Spind zu suchen?«
Marie überging die Frage. »Das Spiel ist aus. Wir wissen, was Sie getan haben.«
»Ach ja?« Micha Mertens zog amüsiert eine Augenbraue hoch. »Was denn, wenn ich fragen darf?«
»Sie waren vorletzte Nacht in unserem Zimmer und haben Maries Schmuck gestohlen«, sagte Kim ruhig.
Micha lachte auf. »Wie bitte? Ich hör wohl nicht richtig.«
»Vielleicht haben Sie ja Wasser in den Ohren«, bemerkte Franzi. »Soll vorkommen nach dem Duschen. Trotzdem sind Sie ein Dieb.«
»Und wahrscheinlich haben Sie nicht nur uns beklaut, sondern auch andere Gäste«, fügte Kim hinzu.
»Das wird ja immer schöner.« Der Nachtportier stemmte die Hände in die Hüften. »Ihr macht jetzt lieber einen schnellen Abgang, ehe ich richtig sauer werde.«
»Wir gehen erst, wenn Sie alles zugegeben haben«, sagte Marie.

»Ich bin kein Dieb, klar?«
»Wir haben einen Fußabdruck in Zimmer 107 gefunden, der zu diesem Schuh passt.« Kim hielt den Turnschuh hoch.
»Na und?«
»Es gibt einen geheimen Zugang von Zimmer 107 zu Zimmer 106«, erklärte Franzi. »Den haben Sie genutzt, um uns zu beklauen.«
»Quatsch! Ich weiß nichts von einem geheimen Zugang. Ihr habt wohl zu viele Detektivgeschichten gelesen!« Der Nachtportier lächelte spöttisch. »Verschont mich bitte mit euren Kindereien.«
Kim merkte, wie sie wütend wurde. Dieser arrogante Kerl! Er schien sich sehr sicher zu fühlen. Aber der würde sich noch wundern ...

»Wir haben Beweise«, sagte Franzi.
Michael Mertens machte ein gelangweiltes Gesicht. »Tatsächlich?«
»Es gibt Fotos, die zeigen, wie Sie vorletzte Nacht Zimmer 107 betreten und es kurz darauf wieder verlassen«, erklärte Kim.
In den Augen des Nachtportiers flackerte Panik auf, doch er hatte sich schnell wieder im Griff. »Erzähl keinen Unsinn. Warum sollte jemand mitten in der Nacht Fotos auf dem Hotelflur machen?«
»Ein Gast hatte dort eine versteckte Kamera installiert.« Kim ließ den Verdächtigen nicht aus den Augen. »Eigentlich wollte er Geister ablichten, stattdessen sind Sie ihm in die Falle gegangen.«
»Das glaub ich erst, wenn ich es sehe.« Micha Mertens setzte eine betont gleichgültige Miene auf. »Ganz ehrlich, ich hab was Besseres zu tun, als nachts durch staubige Schränke zu kriechen, um irgendwelche Halsketten zu stehlen.«
Kim lächelte. Jetzt hatten sie ihn! Michael Mertens hatte sich soeben selbst verraten. Und zwar gleich doppelt. »Von einem Schrank war gar nicht die Rede. Und auch nicht von einer Halskette.«
»Nicht?« Der Nachtportier kniff die Augen zusammen. »Doch, klar.«
Kim schüttelte den Kopf. »Nein, wir haben nur von einem geheimen Zugang gesprochen.«

»Und von Schmuck, der mir gestohlen wurde«, ergänzte Marie. »Dieses Wissen kann nur der Täter haben.«
»Geben Sie endlich zu, dass Sie der Hoteldieb sind«, drängte Franzi, der allmählich der Geduldsfaden riss.
Michael Mertens sackte in sich zusammen. Er ließ sich auf die Bank fallen, als würden ihn seine Beine plötzlich nicht mehr tragen, stützte die Ellbogen auf den Oberschenkeln ab und vergrub den Kopf in den Händen. »Mist, Mist, Mist«, murmelte er. »Ich bin so ein Idiot!«
»Wie lange beklauen Sie die Hotelgäste schon?«, fragte Kim.
»Seit ... seit ... ein paar Monaten.« Die Antwort kam stockend.
»Wie haben Sie von der Geheimtür im Schrank erfahren?«, wollte Franzi wissen.
»Das war Zufall.« Michael Mertens hob den Kopf und fuhr sich über das Gesicht. »Kurz nachdem ich eingestellt wurde, sollte ich in Zimmer 107 ein paar Ungezieferfallen aufstellen. Ein Zimmermädchen hatte dort angeblich Motten gesehen. Als ich eine Falle im Kleiderschrank deponiert habe, bin ich mit dem Ärmel an dem Haken in der Rückwand hängen geblieben. Plötzlich hat sich die versteckte Tür geöffnet.«
»Und dann?« Marie sah ihn fragend an.
»Ich fand das total spannend.« Michael Mertens seufzte. »Erst ein paar Tage später bin ich auf den Gedanken gekommen, die Tür für meine Zwecke zu nutzen.«
»Seitdem schleichen Sie sich regelmäßig nachts in Zimmer 106, um die Gäste zu bestehlen?«, fragte Kim. »Das ist doch ziemlich riskant, oder?«
»Die meisten Leute haben zum Glück einen festen Schlaf.

Manchmal bin ich auch erst morgens rüber, wenn die Gäste beim Frühstück saßen.«

»Was haben Sie geklaut?«, erkundigte sich Marie.

Michael Mertens zuckte mit den Schultern. »Alles Mögliche. Am liebsten Bargeld. Als Nachtportier verdient man nicht besonders gut, darum konnte ich die Kohle gut gebrauchen. Manchmal hab ich auch Schmuck mitgenommen oder Sachen, die ich cool fand. Ein spannendes Buch zum Beispiel oder ein teures Aftershave. Das hätte ich mir von den paar Kröten, die ich hier kriege, nie leisten können.«

Kims Blick wanderte zu der teuren Jacke, die im Spind hing. Wahrscheinlich hatte Michael Mertens sie mit dem gestohlenen Geld finanziert. Er schien sich gerne mal was zu gönnen. Und war dafür zum Dieb geworden.

»Was hatten Sie mit meiner Kette vor?«, fragte Marie. »Wollten Sie sie verkaufen?«

»Nein, die wollte ich meiner Freundin schenken«, gab der Nachtportier widerstrebend zu. »Sie hat nächste Woche Geburtstag.«

»Daraus wird nichts.« Marie streckte den Arm aus. »Ich hätte sie gerne wieder. Jetzt sofort.«

Michael Mertens presste die Lippen zusammen und blieb reglos sitzen.

»Geben Sie Marie die Kette zurück«, sagte Kim. »Vielleicht rechnet die Polizei es Ihnen ja positiv an, wenn Sie das Diebesgut freiwillig rausrücken.«

Seufzend stand der Nachtportier auf, schlurfte zu seinem Spind und wühlte darin herum, bis er eine kleine, unscheinbare Schachtel gefunden hatte. Er öffnete den Deckel.

»Da ist sie ja!« Glücklich griff Marie nach der Kette und ließ sie durch ihre Finger gleiten.
»Warum ist Ihnen bisher eigentlich niemand auf die Schliche gekommen?«, fragte Franzi. »Ist doch ziemlich auffällig, wenn immer aus demselben Zimmer Sachen gestohlen werden.«
»Das hat mit diesen alten Geistergeschichten zu tun«, erklärte Michael Mertens. »Angeblich soll es in Zimmer 106 spuken. Irgendeine Tussi hat dort vor ewigen Zeiten den Löffel abgegeben, glaub ich. Alle dachten, der Geist hätte die Sachen mitgehen lassen.« Er lachte. »Und der konnte sich ja nicht mehr verteidigen.«
»Arme Charlene«, murmelte Marie.
Kim nickte. Nach ihrem Tod als Diebin abgestempelt zu werden, hatte die Schauspielerin wirklich nicht verdient. Wie gut, dass sie den wahren Täter gefasst hatten.
»Wir müssen die Hoteldirektion informieren«, sagte Franzi. »Und zwar so schnell wie möglich.«
Kim wandte sich an Micha, der mit hängenden Schultern neben seinem Spind stand. Sein Gesicht war bleich und von seiner selbstsicheren Art war nicht mehr viel übrig. Jetzt tat er ihr beinahe leid. »Sie kommen nach, sobald Sie sich angezogen haben. Dann können Sie Jonas und Janne Reuß Ihre Sicht der Dinge schildern.«
Der Nachtportier schnaubte verächtlich. »Die schmeißen mich doch sowieso achtkantig raus.«
»Das haben Sie sich selbst eingebrockt«, stellte Franzi fest.
»Stimmt.« Michael Mertens seufzte. »Also gut, bringen wir's hinter uns.«
»Geben Sie mir Ihr Portemonnaie«, verlangte Kim.

»Was?«, fragte Michael Mertens verdutzt. »Warum?«
»Nur eine klitzekleine Vorsichtsmaßnahme. Damit Sie nicht abhauen. Ohne Geld, Ausweis und Bankkarte würden Sie nicht weit kommen.«
»Ich fass es nicht«, murmelte der Nachtportier, während er mit mürrischem Gesichtsausdruck sein Portemonnaie aus der Jacke im Spind zog und es Kim reichte.
»Vielen Dank.« Kim steckte die Geldbörse ein. »Sie kriegen es zurück, sobald Sie Jonas und Janne Reuß alles gebeichtet haben. Wir sehen uns dann gleich im Büro von Herrn Reuß.«
Die Detektivinnen verließen die Umkleide, damit der Nachtportier sich endlich anziehen konnte.
»Gute Idee mit dem Portemonnaie.« Franzi grinste.
Marie lachte. »Ja, damit hatte er nicht gerechnet.«
Die drei !!! marschierten auf direktem Weg zum Büro von Jonas Reuß. Marie klopfte an, doch niemand antwortete. Sie versuchte es noch einmal.
»Er scheint nicht da zu sein«, stellte Franzi fest.
Marie öffnete die Tür und die Detektivinnen warfen einen Blick in das Büro. Es war leer.
»Was machen wir jetzt?«, fragte Kim. »Sollen wir hier auf ihn warten? Vielleicht ist er ja nur kurz im Haus unterwegs.«
Marie nickte. »Wenn er in fünf Minuten nicht da ist, fragen wir am Empfang nach.«
Kim betrat das Büro, ein großer Raum mit hoher Decke und Fenstern, die zum Garten hinausgingen. Die Wände waren mit dunklen Holzregalen bedeckt, die wahrscheinlich schon seit hundert Jahren hier standen. Sie waren voller Bücher, Akten und Unterlagen. Ein riesiger Schreibtisch, ebenfalls aus

schwerem Holz, stand mitten im Raum. Von diesem Schreibtisch aus hatten bestimmt schon der Vater, Großvater und Urgroßvater von Jonas und Janne Reuß die Geschicke des Hotels gelenkt.

»Seht euch das an.« Franzi stand vor der Bücherwand und nahm einen kleinen Gegenstand aus dem Regal. »Kommt euch das bekannt vor?«

Kim sog überrascht die Luft ein. »Ein Mini-Lautsprecher! Zeig mal her.« Sie griff nach der Box und drehte sie hin und her.

»Sieht genauso aus wie das Teil, das du im Blumengesteck gefunden hast«, stellte Marie fest.

Kim nickte. »Das kann doch kein Zufall sein, oder?«

»Heißt das, Jonas Reuß hat den Lautsprecher auf unserem Flur versteckt?«, fragte Franzi. »Aber warum?«

»Das würde mich auch interessieren.« Kim legte die Box zurück ins Regal und ging zum Schreibtisch. Er war voller Papiere. Briefe, Rechnungen und andere Unterlagen stapelten sich auf dem zerkratzten Holz. Kim blätterte die Papiere vorsichtig durch. »Puh, das Hotel scheint wirklich tief in den roten Zahlen zu stecken. Die Rechnungen sind alle unbezahlt. Und das sind lauter Mahnungen.« Sie deutete auf eine Mappe.

»Was haben wir denn hier?« Marie war um den Schreibtisch herumgetreten und griff nach ein paar zusammengehefteten Blättern. »*Deutschlands gruseligstes Spukhotel*«, las sie vor.

Kim sah Marie über die Schulter. »Ein Businessplan!«

»Ein was?«, fragte Franzi.

»Eine Art Geschäftsplan«, erklärte Kim. »Wenn man ein neues Unternehmen gründet, listet man darin seine Ziele und

mögliche Konkurrenten auf. Außerdem beschreibt man, wie das Projekt umgesetzt werden soll. Papa musste auch so einen Plan schreiben, als er sich mit seiner Kuckucksuhren-Manufaktur selbstständig gemacht hat.«
»Das ist ja interessant …« Marie überflog die ersten Seiten. »Wenn ich das richtig verstehe, plant Jonas Reuß, aus dem Schlosshotel ein Spukhotel zu machen.«
»Ein Spukhotel?« Franzi runzelte die Stirn. »So ein Unsinn.«
»Nein, warte mal.« Marie blätterte um. »Das klingt gar nicht so dumm. Er will die seltsamen Dinge, die hier seit Jahren passieren, nutzen, um das Hotel besser zu vermarkten. Es soll Gruselführungen, Spuk-Dinner und Horror-Wochenenden geben.«
»Wer gibt denn für so was Geld aus?«, fragte Franzi.
»Das finden bestimmt viele Leute cool«, meinte Kim. »Die meisten gruseln sich ganz gerne ein bisschen. Sonst würde es schließlich keine Horrorfilme geben. Oder Geisterbahnen.«
»Stimmt«, gab Franzi zu.
Marie blätterte zur letzten Seite. »Hier ist eine Liste mit möglichen *Spezialeffekten für noch mehr Gänsehaut:* flackernde Beleuchtung sowie versteckte Lautsprecher, aus denen nachts gruselige Geräusche kommen.«
»Das gibt's doch nicht!« Kim stemmte die Hände in die Hüften. »Also hat Jonas Reuß die Lautsprecher tatsächlich selbst installiert.«
»Verrückt.« Franzi schüttelte den Kopf. »Ein Hotelbesitzer, der seine Gäste erschrecken will.«
»Wir müssen mit ihm reden.« Marie legte die Unterlagen auf

den Schreibtisch zurück. »Ich würde gerne von ihm selbst hören, was er sich dabei gedacht hat.«

»Wo bleibt er nur?« Kim sah auf die Uhr. Die fünf Minuten waren längst vergangen.

»Wir gehen jetzt zur Rezeption und fragen«, beschloss Franzi.

Die Detektivinnen verließen das Büro und eilten zum Empfang. Ida Rosenblom sortierte gerade die Post.

»Entschuldigen Sie bitte«, sagte Kim etwas außer Atem. »Wir müssen dringend mit Jonas Reuß sprechen, aber er ist nicht in seinem Büro. Könnten Sie ihn vielleicht anrufen?«

Die Empfangsdame legte die Briefe zur Seite. »Das geht leider nicht. Er hat sein Handy ausgestellt.« Sie runzelte die Stirn. »Eigentlich hatten wir heute Vormittag einen Termin. Er wollte gleich nach dem Frühstück die Dienstpläne für die nächste Woche mit mir durchgehen.«

»Aber er ist nicht gekommen?«, fragte Franzi.

»Nein, dabei ist er sonst absolut zuverlässig. Er würde niemals einen Termin versäumen, ohne abzusagen.«

»Vielleicht ist er krank«, vermutete Marie. »Haben Sie es schon bei ihm zu Hause probiert?«

»Natürlich. Aber in seinen Privaträumen ist er nicht. Allmählich mache ich mir wirklich Sorgen.«

»Was sagt denn seine Schwester dazu?«, wollte Franzi wissen.

»Janne Reuß hat heute einen wichtigen Termin und möchte unter keinen Umständen gestört werden«, informierte sie Ida Rosenblom.

»Wann haben Sie Herrn Reuß zuletzt gesehen?«, erkundigte sich Kim.

Die Empfangsdame brauchte nicht lange zu überlegen. »Heute früh, als ich meinen Dienst angetreten habe. Da ist er zu seinem morgendlichen Spaziergang aufgebrochen.«

»Was für ein Spaziergang?«, fragte Marie.

»Herr Reuß dreht jeden Tag vor der Arbeit eine Runde durch den Wald. Er sagt immer, er braucht das, um seine Gedanken zu sortieren.«

»Bei jedem Wetter?«, hakte Franzi nach.

Ida Rosenblom nickte. »Er läuft an der Schlucht vorbei, dann Richtung Westen zur alten Kapelle und über den Fernwanderweg zurück.« Sie biss sich auf die Unterlippe. »Hoffentlich ist ihm nichts passiert ...«

»Die Wege sind noch sehr matschig nach dem Unwetter«, überlegte Kim laut. »Vielleicht ist er ausgerutscht und hat sich verletzt.«

»Der Pfad, der an der Teufelsschlucht entlangführt, ist bei Regen ziemlich rutschig.« Die Empfangsdame wurde blass. »Was, wenn er abgestürzt ist?« Etwas leiser setzte sie hinzu: »Es wäre ja nicht das erste Mal, dass so etwas passiert ...«

Kim dachte an Charlene Wilson und ihre verhängnisvolle letzte Wanderung vor über fünfzig Jahren. War die Geschichte gerade dabei, sich zu wiederholen?

Achtung, Poltergeist!

Kim fasste einen Entschluss. »Wir gehen ihn suchen.« Sie warf Marie und Franzi einen fragenden Blick zu. Beide nickten.
»Aber seid bitte vorsichtig.« Die Empfangsdame trommelte nervös mit den Fingerspitzen auf den Tresen.
»Keine Sorge, wir passen schon auf«, beruhigte sie Franzi.
Zehn Minuten später liefen die Detektivinnen durch den Wald. Sie hatten sich schnell ihre Regenjacken und feste Schuhe angezogen. Kim warf einen besorgten Blick zum Himmel. Die Wolken waren dunkelgrau und türmten sich bedrohlich über den Baumwipfeln. Ein schneidender Wind fegte zwischen den Tannen hindurch.
»Hoffentlich hält sich das Wetter«, murmelte Franzi.
Kim wickelte ihren Schal fester um den Hals. Sie hatte jetzt schon kalte Finger.
»Hier geht's lang.« Marie zeigte auf einen bemoosten Wegweiser, der in Richtung Teufelsschlucht wies.
Schweigend marschierten sie weiter. Der Pfad schlängelte sich zwischen hohen Tannen entlang. Der Boden war tatsächlich sehr schlammig und Kim wich einer Pfütze aus. Ihr Schuh versank halb im Matsch. Obwohl es gerade erst Mittag war, wirkte das Licht fahl und grau. Als hätte der Regen alle Farben weggewaschen.
»Da vorne muss es sein«, sagte Franzi.
Die Bäume wichen zurück und der Boden wurde felsiger. Auf der rechten Seite tat sich ein Abgrund auf. Die Detektivinnen blieben stehen.

»Die Teufelsschlucht«, flüsterte Kim.

Sie trat näher heran. Die zerklüfteten Felswände fielen fast senkrecht in die Tiefe. Ein paar Steine lösten sich unter Kims Schuhen und rollten in die Kluft. Sie prallten mehrmals an den Felsen ab, bis sie irgendwann liegen blieben. Eine seltsam unwirkliche Stille legte sich über die Schlucht.

»Pass auf!«, zischte Franzi.

Kim nickte. Sie zog ihre Taschenlampe aus dem Rucksack und leuchtete in den Abgrund. Aber der Schein reichte nicht weit genug. Sie konnte den Grund nur erahnen. Lag dort etwas? Eine zusammengekrümmte Gestalt? Nein, es war nur ein Gesteinsbrocken. Schaudernd wandte Kim sich ab.

»Herr Reuß?«, rief Marie.

Ihre Stimme schien vom Wald und den Felsen verschluckt zu werden. Warum war es hier so still? Kein einziger Vogel zwitscherte, kein Strauch raschelte. Der Wind hatte sich ganz plötzlich gelegt. Die Zweige an den Tannen bewegten sich nicht. Alles war wie erstarrt.

»Am besten, wir laufen die Schlucht einmal ab«, schlug Franzi vor.

Vorsichtig gingen sie weiter. Kim leuchtete immer wieder in den Abgrund, der hier nicht mehr ganz so tief war. Sie achtete genau darauf, wo sie ihre Füße hinsetzte. Ein falscher Schritt konnte fatale Folgen haben. In regelmäßigen Abständen riefen sie nach dem Hoteldirektor, bekamen aber keine Antwort.

»Er ist nicht hier«, stellte Marie fest, als sie das Ende der Schlucht erreicht hatten.

Kim seufzte erleichtert. »Lasst uns umkehren. Vielleicht ist er ja inzwischen aufgetaucht.«

Sie folgten dem Pfad, der zum Hotel zurückführte. Als sich der Wald wieder um sie schloss, begann es zu regnen. Kim zog sich die Kapuze über den Kopf. Sie warf keinen einzigen Blick zurück.

Als die Detektivinnen das Hotel erreichten, waren sie völlig durchnässt. In der Eingangshalle schälten sie sich aus ihren Regenjacken.
»So ein Mist.« Marie schob sich eine feuchte Haarsträhne hinter das Ohr. »Ich glaube, die Jacke ist nicht wasserdicht. Mein Pullover ist ganz feucht.«
Kim ging zum Empfang. »Wir haben Herrn Reuß nicht gefunden. Hat er sich bei Ihnen gemeldet?«
Ida Rosenblom schüttelte den Kopf. »Leider nicht.« Auf ihrem Gesicht mischten sich Sorge und Erleichterung.
Siedend heiß fiel Kim ein, dass sie Michael Mertens total vergessen hatten. Ob er im Büro des Hoteldirektors auf sie wartete? Egal, um den Nachtportier konnten sie sich später kümmern. Sein Portemonnaie steckte gut verwahrt in Kims Rucksack. Er würde ihnen nicht entkommen.
»Wo ist Janne Reuß?«, fragte Marie. »Vielleicht weiß sie ja, wo ihr Bruder steckt. Auf jeden Fall sollten wir sie informieren.«
»Wie ich schon sagte, Frau Reuß hat heute wichtigen Besuch und wünscht keine Störungen«, sagte die Empfangsdame.
In diesem Moment kam die Hoteldirektorin mit einem kleinen, rundlichen Herrn aus dem Ballsaal. Sie redete auf ihren Gast ein, ohne auf die Detektivinnen zu achten.
»Der alte Ballsaal ist wirklich ein Schmuckstück«, schwärm-

te sie. »So etwas finden Sie so schnell nicht noch einmal. Er hat eine ganz besondere Atmosphäre. Unser gesamtes Hotel atmet Geschichte. Jeder einzelne Stein könnte Ihnen so viel erzählen …«

Der Mann an ihrer Seite nickte. Sein Jackett spannte über dem Bauch und er tupfte sich mit einem Taschentuch über die Glatze. »Sie haben völlig recht. Leider ist das Gebäude in keinem guten Zustand. Es müsste eine Menge gemacht werden …«

Marie trat auf Janne Reuß zu. »Entschuldigen Sie bitte die Störung«, sagte sie höflich. »Aber wir müssen Sie dringend sprechen.«

»Tut mir leid, ich bin gerade im Gespräch, wie du siehst.« Die Stimme der Hotelchefin klang professionell-freundlich, doch ihr Blick war mehr als frostig. »Das hat sicher Zeit bis später, oder?« Sie wollte sich wieder dem Herrn mit der Halbglatze zuwenden, der sich in der Zwischenzeit neugierig in der Eingangshalle umsah, doch Franzi kam ihr zuvor.

»Nein, hat es nicht. Ihr Bruder ist verschwunden!«

»Wie bitte?« Janne Reuß zog irritiert die Augenbrauen hoch. »Was soll das heißen?«

»Dass er seit heute früh nicht mehr gesehen wurde«, erklärte Kim.

»Nun, das wundert mich nicht.« Janne Reuß schien nicht im Mindesten besorgt zu sein. »Jonas ist verreist.«

»Was?« Kim starrte die Hotelchefin an.

»Er musste ganz plötzlich weg. Eine dringende Geschäftsangelegenheit.«

»Wann kommt er denn zurück?«, fragte Marie.

Janne Reuß zuckte mit den Schultern. »Das weiß ich nicht genau. Es hängt von verschiedenen Faktoren ab.«
»Er hatte heute früh einen Termin mit Frau Rosenblom«, sagte Kim. »Wieso hat er den nicht abgesagt?«
»Wahrscheinlich hat er es einfach vergessen.« Janne Reuß lächelte schmallippig. »Jonas ist schließlich auch nur ein Mensch. Und seine Abreise kam, wie gesagt, ziemlich überraschend.«
»Aber ...«, begann Franzi, doch Janne Reuß schnitt ihr das Wort ab.
»Es ist wirklich sehr nett, dass ihr euch Sorgen um meinen Bruder macht. Aber glaubt mir, es ist alles in Ordnung.«
Ohne die Detektivinnen eines weiteren Blickes zu würdigen, ging sie zu ihrem Besucher, der sich die Foto-Galerie neben dem Empfang ansah, und setzte das unterbrochene Gespräch fort.
Franzi rümpfte die Nase. »Die ist kalt wie ein Fisch.«
»Jedenfalls wirkt sie nicht so, als würde sie sich Sorgen um ihren Bruder machen«, stellte Marie fest.
Kim schüttelte langsam den Kopf. »Für mich klingt das alles ziemlich seltsam. Irgendwas stimmt hier nicht ...«
Ehe sie weiter darüber nachdenken konnte, öffnete sich die Fahrstuhltür und Herr Krone stürzte aus dem Lift. Er hatte rote Flecken im Gesicht und auf seiner Stirn glänzten Schweißperlen.
»Herr Krone«, sagte Marie überrascht. »Alles in Ordnung?«
»Es ist einfach unglaublich!« Herr Krone schnappte nach Luft. Er war so außer Atem, als wäre er dreimal ums Hotel gerannt.

»Was ist denn los?«, fragte Kim.

»Eine Sensation!« Herr Krone senkte die Stimme. »Ich glaube, im Keller befindet sich ein Poltergeist.«

»Ein Poltergeist?«, rief Marie.

Franzi verdrehte die Augen.

»Wir haben leider gerade überhaupt keine Zeit, um auf Geisterjagd zu gehen«, sagte Kim so freundlich wie möglich. »Wir stecken mitten in einer Ermittlung.«

Sie wollte den Mann nicht vor den Kopf stoßen, andererseits hatten sie im Moment wirklich wichtigere Dinge zu tun.

»Aber das müsst ihr euch anhören.« Herr Krone zückte sein Handy. »Ich hab ein Abhörgerät im Keller installiert, das alle Geräusche an mein Smartphone weiterleitet.«

Franzi schnaubte entrüstet. »Das ist illegal!«

Der Geisterjäger ignorierte den Einwand. »Der Poltergeist hat sich schon mehrmals bemerkbar gemacht. Ich glaube, er möchte Kontakt zu mir aufnehmen. Es ist wirklich faszinierend.« Er wählte eine Nummer und stellte das Telefon auf laut.

»Funktioniert das so ähnlich wie ein Babyfon?«, fragte Marie.

Der Geisterjäger nickte. Dann legte er einen Finger an die Lippen und alle lauschten.

Erst war nur leises Rauschen zu hören. Es klang wie ein schlecht eingestellter Radiosender. Kim wollte die Aktion gerade abbrechen, als plötzlich ein lautes Geräusch aus dem Handy drang. Sie zuckte zusammen und Herr Krone stellte das Telefon etwas leiser.

Da! Schon wieder!

Ein Klopfen, eindeutig.

»Das gibt's doch nicht.« Maries Stimme zitterte.
Das Klopfen verstummte, dann setzte es erneut ein.
»Der Geist will uns etwas sagen.« Herr Krone leckte sich nervös über die Lippen. »Aber was?«
Franzi hörte konzentriert zu. »Dreimal kurz ... dreimal lang ... dreimal kurz ...« Sie stutzte. »Das ist das SOS-Signal!«
Kim schaltete sofort. »Jonas Reuß! Wir müssen in den Keller.«
Die Detektivinnen ließen den verdutzten Geisterjäger stehen und rannten los. Der Eingang zum Keller befand sich im hinteren Teil des Gebäudes, gleich neben der Küche. Kim öffnete die Tür, die knarrend aufschwang. Eine Steintreppe führte in die Tiefe. Franzi drückte auf den Lichtschalter. Eine nackte Glühbirne leuchtete auf. Stufe für Stufe stiegen sie hinab. Mit jedem Schritt wurde es kälter. Am Ende der Treppe tat sich ein lang gezogenes Gewölbe mit niedriger Decke auf. Es war direkt in den Fels geschlagen, auf dem das Fundament des Hotels ruhte. Die Wände waren feucht und es roch nach Stein und Erde. Kein Laut war zu hören.
»Das Klopfen hat aufgehört«, sagte Franzi leise.
»Und wenn es doch ein Poltergeist war?«, fragte Marie.
»Ich glaube eher, Jonas Reuß steckt hier irgendwo.« Kim zog die Schultern hoch. »Und er braucht Hilfe.«
Der hintere Teil des Gewölbes verlor sich in der Dunkelheit. Kim zog ihre Taschenlampe hervor und knipste sie an. Franzi ging zu einer Holztür, die nach rechts abging, und drückte auf die altmodische Metallklinke. Die Tür klemmte und Franzi musste sich mit der Schulter dagegenstemmen, um sie aufzukriegen.

Kim leuchtete mit der Taschenlampe in den Raum. Er hatte keine Fenster und war bis unter die Decke mit Regalen vollgestellt, in denen sich Konservendosen und Einmachgläser stapelten. In großen Schubladen lagen Äpfel, die einen süßlichen Duft verströmten. Eine Wand war mit einem Weinregal bedeckt, in dem unzählige Flaschen steckten.

»Der Vorratskeller«, stellte Franzi fest und schloss die Tür.

Sie gingen weiter. Hinter der nächsten Tür befand sich eine altmodische Heizungsanlage. Der Kessel sprang gerade mit lautem Zischen und Fauchen an. Kim fuhr zusammen und der Strahl der Taschenlampe zuckte unruhig über die Wände.

Immer weiter drangen sie in das verwinkelte Kellergewölbe vor, das sich unter dem gesamten Hotel zu erstrecken schien. Tür für Tür überprüften sie die Räume, fanden aber nur altes Gerümpel, Werkzeug, kaputte Möbel, verstaubtes Geschirr und jede Menge Spinnweben. Ein Schatten huschte über Kims Wanderschuh und sie schrie auf. »Was war das?«

Franzi zuckte mit den Schultern. »Bestimmt nur eine Maus. Oder eine Ratte.«

»Igitt.« Kim rümpfte die Nase.

»Hier ist niemand.« Marie fröstelte. »Lasst uns wieder nach oben gehen, mir ist kalt.«

»Erst, wenn wir alle Räume überprüft haben.« Kim lief weiter. In ihrem Magen kribbelte es. Sie waren auf der richtigen Spur, das spürte sie. »Herr Reuß?«, rief sie mit gedämpfter Stimme. »Wo sind Sie?«

Ein Scharren ertönte, dann polterte es. Jemand stöhnte.

»Der Poltergeist«, flüsterte Marie.

Fall gelöst

»Unsinn. Es gibt keine Poltergeister.« Kim ging in die Richtung, aus der die Geräusche gekommen waren. Ganz am Ende des Ganges befand sich eine letzte Tür, die mit eisernen Beschlägen in der Wand verankert war. Die graue Farbe blätterte von den Holzlatten ab. Die Tür war mit einem schweren Metallriegel gesichert, in den sich der Rost gefressen hatte.
Wieder war ein leises Stöhnen zu hören. Kims Nackenhaare stellten sich auf.
Franzi klopfte energisch an die Tür. »Herr Reuß? Sind Sie da drin?«
»Ja.«
Die Stimme klang dumpf und ziemlich verzweifelt.
»Keine Sorge, wir holen Sie raus!«, rief Kim.
Franzi versuchte, den Riegel zu öffnen, aber er klemmte. »Helft mir mal.«
Gemeinsam schafften sie es, den schweren Riegel zurückzuschieben. Kim riss die Tür auf und richtete den Strahl ihrer Taschenlampe in den Raum.
Jonas Reuß hockte auf dem kalten Steinboden und blinzelte in das helle Licht. Sein Gesicht wirkte grau und er hielt sich den Arm. Sein weißes Hemd war voller Schmutzflecken und in seiner Jeans klaffte ein Riss. Als er die Mädchen erblickte, seufzte er erleichtert.
»Euch schickt der Himmel!«
»Alles in Ordnung?« Marie und Franzi halfen dem Hoteldirektor auf.

»Ja, mir geht's gut. Mir tut bloß die Schulter weh. Wahrscheinlich eine Prellung. Ich hab versucht, die Tür aufzubrechen, aber das hat leider nicht geklappt. Wie spät ist es?«

Kim sah auf ihre Armbanduhr. »Kurz nach zwei.«

»Dann sitze ich schon seit über sechs Stunden hier fest! Noch etwas länger und ich wäre erfroren.«

»Was ist passiert?«, fragte Franzi. »Wer hat Sie hier eingesperrt?«

Der Blick des Hoteldirektors verdunkelte sich. »Meine Schwester.« Er spuckte die Worte förmlich aus.

»Aber warum?«

»Sie muss völlig durchgedreht sein.« Jonas Reuß schüttelte langsam den Kopf, als könnte er selbst nicht glauben, was passiert war. »Janne hat mich nach meinem Morgenspaziergang abgepasst und unter einem Vorwand in den Keller gelockt. Angeblich hatte sie hier unten eine tote Ratte entdeckt. Als ich nachsehen wollte, hat sie die Tür hinter mir zugeschlagen und den Riegel vorgeschoben. Es ging alles so schnell, dass ich nicht die geringste Chance hatte.«

»Ihre Schwester hat behauptet, Sie wären spontan verreist«, sagte Marie.

Jonas Reuß schnaubte. »So eine dreiste Lügnerin.«

Kim fiel der Streit zwischen den Geschwistern ein, den sie gestern zufällig mitbekommen hatten. »Sie und Janne verstehen sich nicht besonders gut, oder?«

»Als Kinder waren wir ein Herz und eine Seele. Aber das hat sich leider geändert. Seit wir nach dem Tod unseres Vaters vor fünf Jahren das Hotel übernommen haben, gibt es ständig Streit.«

»Wieso?«, fragte Franzi.
»Wir haben unterschiedliche Ansichten über die Zukunft des Hotels. Janne will verkaufen, ich habe ... nun ja ... andere Pläne.«
»Dann war der Mann, den Ihre Schwester vorhin durch das Hotel geführt hat, bestimmt ein Interessent«, vermutete Marie.
»Verdammt.« Jonas Reuß wurde blass. »Der ist schon da? Janne muss den Termin heimlich vorverlegt haben. Dieses Aas! Sie will das Hotel heimlich verkaufen, gegen meinen Willen. Hoffentlich ist es noch nicht zu spät ...«
Er stürmte aus dem Kellerraum. Die Detektivinnen folgten ihm. Sie rannten durch das weitverzweigte Gewölbe zurück zur Treppe. Jonas Reuß nahm immer zwei Stufen auf einmal. Im Erdgeschoss durchquerten sie den Küchentrakt und liefen zu Jannes Büro. Jonas riss die Tür auf und blieb wie angewurzelt stehen.
Kim sah mit klopfendem Herzen in den Raum. Janne Reuß und ihr Besucher hatten die Hausführung inzwischen beendet. Sie saßen in zwei Sesseln an einem kleinen Tisch in der Ecke des Raums. Vor ihnen lagen mehrere Papiere. Der Herr mit der Glatze zückte gerade einen teuer aussehenden Füllhalter.
»Stopp!«, rief Jonas Reuß. »Nicht unterschreiben.«
Der zufriedene Ausdruck, der bis eben auf dem Gesicht seiner Schwester gelegen hatte, verwandelte sich erst in Überraschung, dann in Zorn.
»Verschwinde!«, rief sie wütend. »Das hier ist meine Angelegenheit.«

»Nein, ist es nicht.« Jonas Reuß bemühte sich sichtlich, die Fassung zu wahren. Er trat auf den Besucher zu und reichte ihm die Hand. »Sie sind Herr Mettmann, nehme ich an, der Kloßfabrikant aus München. Ich bin Jonas Reuß.«

»Das ist ja eine Überraschung.« Herr Mettmann stand auf und die Männer schüttelten sich die Hände. »Ihre Schwester sagte, Sie seien verreist. Wie schön, dass Sie es doch noch einrichten konnten. Ich wollte gerade meine Unterschrift unter den Vertrag setzen.«

»Aus dem Verkauf wird leider nichts. Ich will das Hotel behalten.«

»Aber Sie haben bereits unterzeichnet.« Verwirrt deutete Herr Mettmann auf die letzte Seite des Vertrags, die aufgeschlagen auf dem Tisch lag.

»Nein, habe ich nicht.« Jonas Reuß wandte sich an seine Schwester. »Dachtest du wirklich, du kommst damit durch? Du sperrst mich im Keller ein, fälschst meine Unterschrift und verkaufst das Hotel hinter meinem Rücken? Wolltest du mit dem Geld abhauen und mich im Keller verrotten lassen? Denn spätestens, wenn ich wieder rausgekommen wäre, wäre der Schwindel aufgeflogen. Du wusstest, dass ich einem Verkauf niemals zustimmen würde.«

»Genau darum wollte ich die Sache ja ohne dich durchziehen.« Janne Reuß sah ihren Bruder trotzig an. »Natürlich hätte ich dich irgendwann befreit. Ich dachte, wenn du erst mal das viele Geld siehst, das wir für das Hotel bekommen, würdest du es dir anders überlegen.«

»Nie im Leben.« Jonas Reuß schüttelte heftig den Kopf. »Dieses Hotel gehört seit über hundert Jahren unserer Familie und das soll auch so bleiben. Es darf nicht in fremde Hände geraten, das sind wir unseren Vorfahren schuldig.«

Seine Schwester stieß einen genervten Seufzer aus. »Wir sind niemandem etwas schuldig. Der alte Kasten ist nur ein Klotz am Bein. Wir haben nicht genug Geld, um ihn zu sanieren, wann kapierst du das endlich? Früher oder später müssen wir sowieso verkaufen.«

»Du willst bloß möglichst viel Kohle, damit du von hier abhauen kannst.«

»Genau! Ich hab keine Lust, in diesem verdammten Wald mitten im Nirgendwo zu versauern. Was gibt es hier schon? Nur Bäume, Nebel und jede Menge Regen. Ich will endlich weg von hier und noch mal ganz neu anfangen. Du weißt, wie lange ich davon träume, nach Australien zu gehen.«

»Vergiss es.« Jonas Reuß' Stimme klang endgültig.

Herr Mettmann schüttelte fassungslos den Kopf. »So was ist mir noch nie passiert. Das ist ja wirklich unerhört!« Er tupfte sich mit einem Taschentuch den Schweiß von der Stirn.

»Es tut mir leid, dass Sie umsonst gekommen sind«, sagte Janne Reuß. »Ich fürchte, unser Geschäft ist hiermit geplatzt.«

Kim konnte nicht umhin, Janne Reuß für ihre Haltung zu bewundern. Selbst in dieser Situation bewahrte sie die Fassung. Sie musste Nerven aus Stahl haben.

»Wirklich sehr bedauerlich.« Herr Mettmann steckte sein Taschentuch ein. »Ich hätte das Hotel gerne gekauft. Es wäre das perfekte Anlageobjekt. Wenn man es grundsaniert, könnte man ein wahres Schmuckstück daraus machen.«

»Ich habe eigene Pläne für das Hotel«, erklärte Jonas Reuß.

Seine Schwester lachte. »Das sind keine Pläne, das ist eine fixe Idee von dir. *Das gruseligste Spukhotel Deutschlands* – so ein Unsinn.«
»Ein Spukhotel?«, fragte der Kloßfabrikant. »Das klingt ja originell.«
»Ich habe bereits ein umfangreiches Konzept entworfen«, erzählte Jonas Reuß. »Ich möchte die Geschichte des Hotels mit einbeziehen und den Gästen eine faszinierende Erlebniswelt auf allen Ebenen bieten. Es soll nicht nur Spukführungen zur Geisterstunde geben, sondern auch ein Gruselbuffet, blutige Cocktails und nächtliche Wanderungen zur Teufelsschlucht. Wer gar nicht genug bekommt, kann ein komplettes Horror-Wochenende buchen. Natürlich in unserer speziellen Gespenster-Suite, nächtliche Geistererscheinungen inklusive.« Er hatte sich richtig in Fahrt geredet.
»Und einige dieser nächtlichen Geistererscheinungen haben Sie bereits getestet, stimmt's?«, schaltete sich Franzi ein.
»Wie bitte?«, fragte Jonas Reuß irritiert.
Kim zog die Mini-Box hervor. »Haben Sie diesen Lautsprecher im ersten Stock in einem Blumengesteck versteckt?«
Der Hoteldirektor zog überrascht die Augenbrauen hoch. »Allerdings. Wie habt ihr ihn entdeckt?«
»Wir sind Detektivinnen und haben einen Blick für solche Dinge«, erklärte Kim.
Janne Reuß stöhnte. »Sag nicht, du hast Kettengerassel oder Gespenstergeheul abgespielt.«
»Natürlich nicht.« Jonas Reuß klang etwas beleidigt. »Das wäre doch albern. Meine Spukerscheinungen sollen *richtig* gruselig sein.«

»Es waren Kinderstimmen«, erklärte Marie.

»Und? Habt ihr euch erschreckt?«, fragte der Hoteldirektor gespannt.

Marie schüttelte den Kopf. »Eigentlich nicht. Wir haben ja erst am nächsten Morgen erfahren, dass keine Kinder im Hotel sind.«

Jonas Reuß nickte nachdenklich. »Ja, natürlich. Das spricht dafür, die Kinderstimmen erst mitten in der Nacht abzuspielen, wenn jedes normale Kind schläft. Da seht ihr mal, wie nützlich so ein kleiner Probelauf ist.«

»Haben Sie im Bad von Zimmer 106 auch irgendetwas installiert?«, fragte Marie misstrauisch. »Zum Beispiel einen Ventilator, der einem kalte Luft in den Nacken pustet?«

Der Hoteldirektor sah Marie verdutzt an. »Nein. Wie kommst du darauf?«

»Ach, nur so«, murmelte Marie.

»Sie sollten Ihre Spukerscheinungen nicht an ahnungslosen Gästen ausprobieren«, sagte Kim. »Ängstlichere Menschen als wir könnten sich ernsthaft erschrecken. Noch ist das hier schließlich kein ausgewiesenes Spukhotel.«

»Du hast recht.« Jonas Reuß machte ein zerknirschtes Gesicht. »Tut mir leid. Aber es hat mich einfach in den Fingern gejuckt, die eine oder andere Idee schon mal zu testen.«

»Ein Spukhotel – das ist wirklich eine ungewöhnliche Idee«, bemerkte Herr Mettmann. »Aber nicht schlecht, gar nicht schlecht. Das könnte tatsächlich funktionieren.«

»Und ob das funktioniert«, sagte Jonas Reuß. »Gruseln ist total angesagt. Wir könnten besondere Halloween-Events anbieten und Spuk-Workshops. Die Leute würden uns die Bude einrennen.« Er seufzte. »Leider fehlt mir das Geld, um das Konzept umzusetzen.«

»Ich hätte da vielleicht eine Idee.« Der Kloßfabrikant strich sich nachdenklich über die Glatze. »Wenn ich das richtig verstanden habe, würden Sie gerne aus dem Hotelgewerbe aussteigen, oder?« Er sah zu Janne Reuß.

Sie nickte. »Lieber heute als morgen. Aber wenn mein Bruder nicht mitzieht, geht es nicht.«

»Das sehe ich anders.« Herr Mettmann lächelte verschmitzt. »Ich möchte Ihnen gerne eine Lösung vorschlagen, die uns alle drei zufriedenstellt.«

Janne Reuß sah ihn skeptisch an. »Welche?«

»Es ist ganz einfach: Ich kaufe Ihnen Ihren Anteil am *Schlosshotel Waldesruh* ab. Damit haben Sie genug Geld, um nach Australien auszuwandern, und ich besitze das halbe Hotel.«

»Aber ...«, begann Jonas Reuß, doch der Kloßfabrikant ließ ihn nicht ausreden.

»Außerdem würde ich eine größere Summe in die Sanierung des Gebäudes investieren – und in die Umwandlung in ein Spukhotel. Die Idee gefällt mir nämlich ausnehmend gut.«

»Wo ist der Haken?«, fragte Jonas Reuß misstrauisch.

»Es gibt keinen.« Herr Mettmann strahlte.

»Also, ich bin einverstanden«, sagte Janne Reuß sofort.

»Und ich hätte weiterhin die Leitung des Hotels?«, vergewisserte sich Jonas Reuß.

»Selbstverständlich«, bestätigte der Kloßfabrikant. »Schließlich habe ich mit meiner Fabrik in München genug zu tun. Über größere Investitionen entscheiden wir natürlich gemeinsam, ansonsten haben Sie freie Hand.«

»Das ist *die* Chance für dich, deinen Traum endlich zu verwirklichen«, beschwor Janne Reuß ihren Bruder.
Jonas Reuß zögerte noch einen Moment, dann nickte er. »Also gut. Ich bin dabei.«
»Das freut mich wirklich ungemein.« Herr Mettmann streckte den Arm aus und das Geschäft wurde per Handschlag besiegelt.
Jonas Reuß lächelte den Detektivinnen zu. »Ich kann euch gar nicht genug danken. Ohne euch würde ich jetzt immer noch im Keller sitzen, meine Schwester hätte einen ungültigen Kaufvertrag in der Tasche und dieses Geschäft wäre nie zustande gekommen.«
»Keine Ursache«, sagte Kim.
»Übrigens haben wir noch eine gute Neuigkeit«, fügte Franzi hinzu. »Wir haben den Hoteldieb gefasst.«
»Was?«, fragten Jonas und Janne Reuß gleichzeitig.
»Es ist Ihr Nachtportier«, erklärte Marie. »Michael Mertens ist durch einen geheimen Zugang in Zimmer 106 gelangt und hat dort die Gäste beklaut, während sie schliefen.«
»Er wartet in Ihrem Büro auf Sie«, sagte Kim. »Das hoffe ich zumindest. Bestimmt fragt er sich schon, wo wir stecken. Ich hab ihm Ausweis und Geld abgenommen, damit er nicht flüchten kann.«
»Das gibt's doch nicht.« Janne Reuß schüttelte halb amüsiert, halb ungläubig den Kopf. »Ihr seid wirklich nicht auf den Kopf gefallen.«
»Wir haben es geschafft.« Marie sah zu ihren Freundinnen. »Jetzt haben wir schon über achtzig Fälle gelöst.«
Sie hob die Hand. Kim und Franzi klatschten sie ab.

Echte Freundschaft

<u>Detektivtagebuch von Kim Jülich</u>
<u>Montag, 17:12 Uhr</u>
Wir haben den geisterhaften Fall im Spukhotel gelöst – und zwar diesmal in Rekordzeit! Maries Kette ist wieder da, der Hoteldieb gefasst, der Hoteldirektor befreit und die seltsamen Spukphänomene sind aufgeklärt. Na ja, nicht alle, aber die meisten. Nebenbei haben wir auch noch das Hotel vor der Pleite gerettet. Ist das nicht cool?
Jonas Reuß hat uns als Dankeschön einen Gutschein für ein Horror-Wochenende im Spukhotel geschenkt, das so bald wie möglich eröffnet werden soll. Aber natürlich müssen erst die nötigen Sanierungs- und Umbauarbeiten durchgeführt werden. Seine Schwester hat uns und Papa heute zu einem festlichen Abendessen eingeladen und uns die Kosten für die beiden Übernachtungen erlassen. Super nett!
Die Stimmung zwischen Jonas und Janne Reuß ist immer noch ziemlich frostig. Kein Wunder, es war ja auch ein echt starkes Stück von Janne, ihren Bruder einfach in den Keller zu sperren. Ich wünsche den beiden, dass sie es schaffen, sich wieder zu vertragen, bevor Janne nach Australien geht. Aber dabei kann ihnen niemand helfen, das müssen sie selbst hinbekommen. Immerhin hat Jonas versprochen, seine Schwester nicht wegen Freiheitsberaubung anzuzeigen.
Für Michael Mertens wird es wohl nicht so glimpflich ausgehen. Er wurde fristlos entlassen und Jonas Reuß hat die Polizei eingeschaltet. Hoffentlich ist ihm das eine Lehre!

Übrigens war auch Papa in der Zwischenzeit fleißig. Die alte Glasglockenuhr funktioniert wieder! Sie spielt jetzt zu jeder vollen Stunde Ade zur guten Nacht, *ein altes Volkslied, das wunderschön klingt.*
Morgen fahren wir weiter an den Titisee. Dann beginnt endlich unser Urlaub. Als Erstes werde ich ein großes Stück Schwarzwälder Kirschtorte *essen. Lecker!*

»Hier muss es sein.« Marie blieb vor einer Tür stehen.
»Meint ihr, es ist okay, wenn wir einfach so reinplatzen?«, fragte Franzi. »Vielleicht hätten wir uns doch vorher anmelden sollen.«
»Ach was, Theodora Reuß freut sich bestimmt über Besuch«, sagte Kim.
Die drei !!! hatten beschlossen, der alten Dame vor dem Abendessen noch einen Besuch abzustatten, um sich zu verabschieden.
Franzi klopfte zaghaft. Schlurfende Schritte waren zu hören, die Tür ging auf und die gebeugte Gestalt der ehemaligen Hoteldirektorin erschien. Sie trug ein schwarzes Wollkleid und grasgrüne Filzpantoffeln an den Füßen.
»Ja bitte?« Theodoras Gesicht wirkte völlig ausdruckslos. Sie schien die Detektivinnen nicht zu erkennen.
»Wir ... wir sind Kim, Franzi und Marie«, stammelte Kim. Hatte die alte Dame ihr Gespräch auf dem Flur vergessen? War sie doch verwirrter, als es den Anschein gehabt hatte?
Theodora kicherte und ihre Augen blitzten auf. »Das weiß ich doch. Kleiner Scherz. Kommt rein. Wie schön, dass ihr mich besucht.«

Sie führte die Detektivinnen durch einen winzigen Flur in ein gemütliches Wohnzimmer. Die alte Dame bewohnte eine kleine Wohnung auf der Rückseite des Hotels. Im Wohnzimmer war es angenehm warm und ein leichter Zitrusduft lag in der Luft.

»Ich hab mir gerade eine heiße Zitrone gemacht. Das ist genau das Richtige bei diesem scheußlichen Wetter. Mögt ihr einen Schluck?«

»Gerne«, sagte Franzi.

Kim, Franzi und Marie ließen sich auf dem geblümten Sofa nieder. Auf dem niedrigen Couchtisch standen eine Teekanne, eine Porzellantasse und ein Teller mit Plätzchen. Theodora verschwand in der Küche und kehrte mit drei Bechern zurück. Sie schenkte ihren Gästen heiße Zitrone ein, reichte den Teller mit den Plätzchen herum und setzte sich in einen abgewetzten Ohrensessel.

»Wir wollten uns verabschieden.« Kim nahm sich ein Plätzchen und gab den Teller an Franzi weiter. »Morgen früh reisen wir ab.«

»Wie schade.« Theodora griff nach ihrer Tasse. »Ich hoffe, ihr habt euch im *Schlosshotel Waldesruh* wohlgefühlt.« Sie klang ein bisschen, als wäre sie immer noch Hoteldirektorin.

»Na ja, wir hatten ziemlich viel zu tun«, sagte Marie. »Wir haben den Hoteldieb geschnappt, einen Geisterjäger enttarnt und nach den Liebesbriefen von Charlene Wilson gesucht.«

Theodora stellte ihre Tasse so heftig ab, dass die heiße Zitrone überschwappte. »Woher wisst ihr von den Briefen?«

»Das ist eine lange Geschichte.« Kim biss in ihr Plätzchen.

Die alte Dame lehnte sich zurück. »Ich habe Zeit.«

Abwechselnd erzählten die Detektivinnen von Nora Weidenberg, der geheimen Tür im Schrank und den verschwundenen Briefen der Hollywood-Diva.
»Diese Briefe wären heute ein Vermögen wert«, sagte Marie zum Schluss. »Das ist doch verrückt, oder?«
»Wie gut, dass diese Auktionatorin wieder abgereist ist.« Theodora runzelte die Stirn. »Charlene würde sich im Grab umdrehen, wenn sie wüsste, dass ihre privaten Briefe öffentlich versteigert werden sollen. Sie hätte nicht gewollt, dass sie in fremde Hände geraten.«
»Die Gefahr besteht ja zum Glück nicht«, stellte Franzi fest. »Die Briefe existieren nicht mehr.«
»Aber natürlich existieren sie noch.«
»Wie bitte?«, fragte Kim. »Woher wissen Sie das?«
»Weil ich die Briefe habe.« Ein trauriges Lächeln erschien auf Theodoras Lippen. »Charlene hat sie mir kurz vor ihrem Tod anvertraut.«
Sie stand auf und ging zu einem Schrank aus glänzendem Nussbaumholz. Nachdem sie eine Weile darin herumgekramt hatte, kam sie mit einem alten Schuhkarton zurück.
Kim rutschte ganz nach vorne auf die Sofakante und reckte den Hals. Die alte Dame hob den Deckel und Kim schnappte nach Luft. Tatsächlich! Der Karton war randvoll mit vergilbten Briefen.
Einen Moment schwiegen alle und starrten ehrfürchtig auf die Briefe. Sie waren wie ein letzter Gruß von Charlene. Fast konnte man die Worte zwischen den Umschlägen mit den fremden Marken wispern hören. Worte voller Sehnsucht, Liebe und Leidenschaft. Vielleicht auch Alltäglichkeiten oder

Vorwürfe. Worte aus einer längst vergangenen Zeit, die von Charlenes großer, unglücklicher Liebe erzählten.

»Sie haben die Briefe all die Jahre aufgehoben?«, fragte Franzi heiser vor Aufregung.

Theodora strich beinahe zärtlich über den obersten Umschlag. »Natürlich. Ich hatte doch versprochen, auf sie aufzupassen.« Sie seufzte. »Stattdessen hätte ich lieber auf Charlene aufpassen sollen.«

»Was ist damals passiert?«, wollte Kim wissen.

Es dauerte eine Weile, bis die alte Dame antwortete. »Charlene war so verliebt in Robert. Die beiden waren sehr glücklich. Sie glaubte, den Mann fürs Leben gefunden zu haben. Nachts hat Robert sie heimlich besucht. Damals war es noch unmöglich, als unverheiratetes Paar in einem Doppelzimmer zu übernachten. Darum hat Charlene immer Zimmer 106 genommen und Robert die Nummer 107. So eine geheime Tür kann ziemlich praktisch sein ...«

»Sie wissen von dem Zugang im Schrank?«

»Selbstverständlich.« Theodora grinste verschmitzt. »Ich kenne dieses Hotel schließlich fast besser als mich selbst.«

»Aber dann hat Robert sich von Charlene getrennt und ihre Briefe zurückgeschickt«, sagte Marie.

Die alte Dame nickte. »Ich erinnere mich noch gut an diesen Tag. Charlene war am Boden zerstört. Sie gab mir die Briefe, weil sie sie nicht in ihrem Zimmer haben wollte. Der Anblick war einfach zu viel für sie. Sie bat mich, sie auf ihre Wanderung zu begleiten, damit wir in Ruhe über alles reden können. Aber ich habe sie auf später vertröstet.«

»Warum?«, fragte Franzi.

»Ich hatte keine Zeit. Damals bin ich meinem Vater bereits im Hotel zur Hand gegangen und er hatte mir aufgetragen, die Geschäftsbücher zu kontrollieren. Wenn ich gewusst hätte, dass Charlene nie mehr zurückkehrt, wäre ich natürlich mitgegangen. Vielleicht wäre dann alles anders gekommen.«

»Sie konnten doch nicht wissen, was passieren würde«, sagte Kim.

»Nein. Das konnte ich nicht.« Theodora starrte auf ihre Hände. »Trotzdem werde ich mir mein Leben lang Vorwürfe machen.« Sie hob den Kopf. »Charlenes Briefe aufzubewahren, war das Einzige, was ich noch für sie tun konnte.«

Marie machte ein nachdenkliches Gesicht. »Könnte es sein, dass ihr Geist deshalb nicht zur Ruhe kommt?«

»Wie meinst du das?«, fragte die alte Dame.

»Vielleicht hat Charlene Angst, dass ihre Briefe in die falschen Hände gelangen«, erklärte Marie.

Theodora nickte langsam. »Das wäre möglich.«

»Wäre es nicht das Beste, die Briefe Charlenes Familie zurückzugeben?«, schlug Kim vor.

»Es gibt keine lebenden Verwandten mehr.« Theodora dachte nach. »Ich glaube, Charlene hätte sich gewünscht, dass ihre Briefe für immer vor fremden Augen geschützt werden.«

»Das heißt …«, begann Marie.

Die alte Dame nickte. »Ich werde sie verbrennen.«

Franzi sog scharf die Luft ein. »Aber sie sind ein Vermögen wert!«

»Das ist mir egal.« Theodora erhob sich. »Wichtig ist einzig und allein, in Charlenes Sinne zu handeln.«

»Sollen wir Ihnen helfen?«, bot Marie an.

Die alte Dame lächelte. »Das wäre ausgesprochen freundlich.«

Es war bereits dunkel, als sich die drei !!! und Theodora Reuß auf der Terrasse hinter dem Hotel versammelten. Franzi hatte in einer gusseisernen Feuerschale ein kleines Feuer entfacht. Die Flammen knisterten und der Rauch stieg in den schwarzen Himmel. Kim fröstelte. Rasch zog sie den Reißverschluss ihrer Jacke zu. Immerhin regnete es nicht mehr.

Theodora hatte sich einen Umhang aus dunkler Wolle übergeworfen und hielt den Schuhkarton in den Händen. Sie nahm den ersten Brief heraus.

»Meine liebe Freundin, hiermit übergebe ich deine Briefe dem Feuer. Mögest du nun endlich Ruhe und Frieden finden.«

Theodora warf den Umschlag in die Flammen. Im Handumdrehen hatte sich das Papier in schwarze Asche verwandelt.

Ein Brief nach dem anderen wanderte ins Feuer. Die Detektivinnen sahen stumm zu. Es herrschte eine andächtige, beinahe feierliche Stille, während Charlenes Liebesworte mit dem Rauch in den Himmel stiegen.

»Ich glaube, Charlene ist uns gerade ganz nah«, flüsterte Theodora. »Adieu, meine Freundin. Bald sehen wir uns wieder.«

Marie wischte sich eine Träne aus dem Augenwinkel. Kim griff nach den Händen ihrer Freundinnen und drückte sie ganz fest. Franzi und Marie lächelten ihr zu. Kim wusste, dass sie gerade alle drei dasselbe dachten.

Echte Freundschaft hält ein Leben lang – und darüber hinaus.

♥ ♥ ♥